★ 科学的天街丛书

金针绣鸳鸯

丛书主编/陈 梅　陈仁政

本书编著/陈 梅

——科学方法故事

四川科学技术出版社

图书在版编目（CIP）数据

金针绣鸳鸯：科学方法故事 / 陈梅编著. --成都:
四川科学技术出版社，2019.1（2024.12重印）
（科学的天街 / 陈梅　陈仁政主编）
ISBN 978-7-5364-9358-2

Ⅰ.①金… Ⅱ.①陈… Ⅲ.①科学故事–作品集–中
国–当代 Ⅳ.①I247.81

中国版本图书馆CIP数据核字（2019）第018930号

金针绣鸳鸯——科学方法故事

JINZHEN XIU YUANYANG——KEXUE FANGFA GUSHI

丛书主编	陈　梅　陈仁政
本书编著	陈　梅
出品人	程佳月
选题策划	肖　伊　陈敦和　郑　尧
责任编辑	王　娇
营销策划	程东宇　李　卫
封面设计	小月艺工坊
责任出版	欧晓春
出版发行	四川科学技术出版社
成品尺寸	160mm×240mm
印　张	14.75　字数 200 千
印　刷	天津旭丰源印刷有限公司
版　次	2019年1月第1版
印　次	2024年12月第6次印刷
定　价	49.80元

ISBN 978-7-5364-9358-2

邮购：成都市锦江区三色路238号新华之星A座25层　邮政编码：610023
电话：028-86361770

 **目　录**

凸多边形外角和是多少

——"经验归纳"之后

初等几何学告诉我们，凸多边形的外角和是360°。那么，数学家们是怎么得出这一结论的呢？

这"凸多边形"中的"多"字太"讨厌"了——"多"究竟是多少呢？这是个抽象的东西，它的外角和是多少，很难一下子就想出来。

那我们就先来看一些简单、特殊的情况吧。

由于三角形［图1（a）］的内角和是180°，而三角形有3个顶点，每个顶点处所形成的内角、外角之和是一个平角——180°，所以外角和就是$3 \times 180° - 180° = 360°$。我们设法把边数多于3的凸多边形分割成若干个三角形来研究，这就可以使问题得到简化。

先看凸4边形。在图1（b）中容易看出，在图里的凸**4**边形可以分割为2个三角形，所以凸**4**边形的内角和是**2**$\times 180°$，而外角和是$4 \times 180° - 2 \times 180° = \textbf{2} \times 180°$。

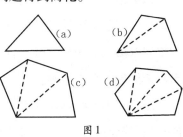

图1

再看凸5边形。用同样的方法，把图1（c）里的凸**5**边形分割为3个三角形，所以凸**5**边形的内角之和是**3**$\times 180°$，而外角和是$5 \times 180° - 3 \times 180° = \textbf{2} \times 180°$。

类似，图1（d）里的凸**6**边形可以分割为4个三角形，所以凸**6**边形的内角之和是**4**$\times 180°$，而外角和是$6 \times 180° - 4 \times 180° = \textbf{2} \times 180°$。

…………

看到规律了吧!

对凸 4 边形,斜体的*4*、*2*、*2* 分别为边数、内角含 180° 的个数、外角含 180° 的个数。

对凸 5 边形,斜体的*5*、*3*、*2* 分别为边数、内角含 180° 的个数、外角含 180° 的个数。

对凸 6 边形,斜体的*6*、*4*、*2* 分别为边数、内角含 180° 的个数、外角含 180° 的个数。

…………

哈,有规律啦!"内角和就是它的边数减去 2 那么多个 180°""外角和都是 360°"。用数学公式表示是:"内角和 $=(n-2)\times180°$""外角和 $=360°$"。

当我们想解决一个一般性问题(例如"凸多边形的外角和是多少")的时候,可以先分析这个问题的几个简单、特殊的情况(凸 3、4、5、6 边形),从中归纳、发现一般问题的规律(2 个 180°),从而找到解决一般问题的途径,最后得出一般结论(凸 n 边形的外角和 $=2\times180°$)。这种研究问题的方法称为经验归纳方法。

归纳推理方法有完全归纳推理方法、不完全归纳推理方法、条件归纳推理方法、数学归纳推理方法等多种,经验归纳方法属于数学归纳推理方法中的一种,是一种不完全归纳方法,因为它是从少数特例出发来猜想一般规律的。

经验归纳方法的思路是,当我们遇到一个抽象(通常与 n 有关)的一般问题时,设法把它具体化,也就是特殊化,再通过几个特例来总结归纳出解题的一般规律。

经验归纳方法的意义,不仅在于对给定的一个现成问题可能借助它来思考,从而发现解题规律,更重要的意义在于,它能帮助人们在实践的基础上发现新的客观规律,提出新的数学命题。

至今未解决的著名的"哥德巴赫猜想"—— 3 以上的偶数都可以由两个素数相加得到,就是由经验归纳方法提出来的。

由于认识的片面性、局限性和研究对象的特殊性，从经验归纳方法得出的猜想有时会发生错误；因此，要断言从经验归纳方法得到的"一般"规律是正确的，必须经过严格证明。我们前面得到的"内角和 $=(n-2)\times180°$，外角和 $=360°$"都仅仅是初步结论，还要经过严格的证明，才能确定它正确与否。

例如，具有 $2^{2^n}+1$ 形式的数，当 $n=1$，2，3，4 时，分别是 5，17，257，$5\,537$，都是素数。由此，在没有经过严格证明的情况下，法国卓越的数学家费马（1601—1665）在 1640 年就曾经宣布：n 是自然数时，$2^{2^n}+1$ 都是素数，因此，形如 $2^{2^n}+1$ 的数，叫费马数。到了 1732 年，瑞士数学家欧拉（1707—1783）就得出 $2^{2^5}+1=4\,294\,967\,297=641\times6\,700\,417$，是合数，从而证明费马的说法是错误的——费马数并不全是素数。

由此可见，由经验归纳得到的论断，一定要加以证明，而证明的方法经常采用数学归纳推理方法；对"凸 n 边形的内角和 $=(n-2)\times180°$""凸 n 边形的外角和 $=360°$"的结论的证明，我们留给读者。

经验归纳方法也广泛用于数学以外的各个领域之中。例如，双手互相摩擦会感到手掌发热；用锯子锯木板后，也会发觉它们是热的；钻木能取火；流星与空气摩擦会燃烧。从这些具体事例，我们能归纳出一条原理：物体间摩擦会生热。

捉鸡、驯鲸与算 π 值
——有时需要"逐步逼近"

一只 8 600 千克的大鲸鱼,跃出水面 6.6 米,表演各种杂技,让游客们惊叹不已。那它为什么会"技惊四座",成为"大明星"呢?

这只创造奇迹的鲸鱼的训练师披露了训练的奥秘。在开始的时候,先把绳子放在水面下,使鲸鱼不得不从绳子上方通过才能得到食物,鲸鱼每次经过绳子上方就会得到奖励——得到鱼吃,还会有人拍拍它并和它玩。然后,训练师会把绳子逐步提高,只不过提高的速度必须很慢,这样才不至于让鲸鱼因为过多的失败而感到沮丧。

鲸鱼跃水

经训练师透露,这个训练方法其实谁都可以学会。可是,更多的人却是与训练师相反,不是从零甚至是负数做起,而是起初就定下比期盼的更高的高度,一旦三番五次达不到目标,就难免受到挫败,更谈不上创造奇迹了。

这种训练鲸鱼的方法叫逐步逼近法,数学上也经常用到它。

例如,我们在计算 5 ÷ 7 = ? 的时候,第一步得到 0.7,第二步得到 0.71,第三步得到 0.714,如此继续下去,就可以得到 5 ÷ 7 的精确到任意多位小数的值了。

当然,逐步逼近法还可再细分为"单头逼近法"(我们把它趣称为"驯鲸逼近法")和"两头逼近法"(我们把它趣称为"捉鸡逼近法")。

上面训练鲸鱼和计算 5 ÷ 7 所用的就是"单头逼近法"——"驯鲸

逼近法"，其特点是从"一头"去逼近——可以从数值大的一头，也可以从数值小的一头。

下面要说的是"两头逼近法"——"捉鸡逼近法"。

胡同里有一只鸡，一个小朋友是捉不到的——鸡会往前跑。这时，前面又来了一个小朋友，两人从两头"围追堵截"，鸡就只好束手就擒了。这就是中国著名学者李毓佩（1938—　）所说的"胡同里捉鸡"。这种方法的特点是从"两头"去逼近。

古时候，许多国家的人都用到 π=3 这个圆周率值，但是，随着科技的发展，人们感到 3 已经不能适应需要了。于是，得到更准确的圆周率值就成为数学家们的热望。

胡同里捉鸡

有人可能会说，得到准确 π 值是很简单的测量问题：用尺子量一个圆的直径和周长，再把两者相比就行了；要得到更准确的 π 值么，那将圆画大点，尺子精度高点就行了。

你千万不要以为这是"锦囊妙计"。

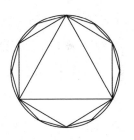

不妨假定有一个直径为 100 毫米的圆，其周长应为约 314 毫米。如果你用一条有刻度的细线来量的话，就不一定得到这个值：量出 1 毫米的误差是很普通的，那时算出来的 π 值将不会优于 3.13～3.15；加之直径也可能会发生 1 毫米的误差，这时得到的 π 值将不会优于 313/101 = 3.09 和 315/99 = 3.18。显然，用此法求到的 π 值将不

圆内接正多边形的边数越来越多时，周长就和圆周长越接近

一定是 3.14，可能是 3.09～3.18 间的某一个值，当然也可能会碰巧得到 3.14，但这个值在计算者的眼里丝毫不比 3.09～3.18 之间的其他值更"美丽动人"。

使用类似的实验方法，无论如何也得不到比较实用、准确的 π 值。这时，增大圆的半径和用更准确的尺子也无济于事，因为这时也必将有各种误差。

由此我们更加清楚，为什么古人对更准确的 π 值是多少始终是一

头雾水。

事实上，中国清朝江宁人谈泰就是探索者之一。他做了一个直径为一丈的大木板，再用篾尺量它的周长，正好是三丈一尺六寸多一点，但是却没有得到比前人更准确的π值。

到了公元前240年左右，古希腊伟大的数学家、物理学家阿基米德（公元前287—前212）发明了一种计算π的方法——"割圆术"。

割圆术的基本方法是，在圆内作它的内接正3边形，在圆外作它的外切正3边形，分别算出这两个多边形的周长。显然，圆的周长就在这两个周长之间。再分别作内接正6边形、外切正6边形，也分别算出这两个多边形的周长，当然圆的周长也在这两个周长之间。接下来，再类似作正12、正24、正48……边形，并计算周长……显然，当边数越来越多的时候，圆的周长就和这两个周长相差得越来越少了。这时，再用这两个周长除以圆的直径，就把π值界定在比较准确的范围了。显然，阿基米德用的是"捉鸡逼近法"。

当时，阿基米德用这种方法从正3边形一直算到正96边形，从而得到223/71 < π < 22/7，即3.140 8…… < π < 3.142 8……于是人类有了第一个比3更准确的π值——3.14。

到了三国末年，中国著名的数学家刘徽用类似的方法，从正6边形开始，一直算到正3 072边形——只不过他算的是面积。于是，刘徽求得了π = 3.141 6。

中国南北朝时期杰出的科学家祖冲之，则一直求到正24 576边形的面积，从而更精确地计算出3.141 592 6 < π < 3.141 592 7，并且分别以22/7和355/113作为圆周率的约率和密率。

后来，世界各国的数学家们，也用这种逐步逼近的方法进行了前仆后继的计算，一直到1630年格林伯格（1561—1636）用荷兰莱顿的数学家斯涅尔（1580—1626）改进的割圆术，把π值算到小数点后38位为止。其间，阿拉伯数学家阿尔·卡西（？—约1436）在1427年算到小数点后16位，而荷兰莱顿的数学家鲁道夫（1540—1610）则算到小数点后35位。

用逐步逼近的方法算 π 并没有结束，只不过是用的数学分析方法等更先进和计算工具的改变罢了。到了 2013 年 3 月 14 日，已经算出了 π 的 8 000 万亿位小数——截至 2018 年的最高纪录。

用逐步逼近法还可以计算 $\sqrt{2}$、$\sqrt{3}$ 等无理数的近似值，也可以解某些高次方程的近似值等。

逐步逼近法在数学上不但可以用于数值计算，还可用于命题证明。例如，数学家们就是用此法去证明著名的哥德巴赫猜想的：不管是"$m+n$"方案，还是"$1+n$"方案，都是用逐步减小 m、n 的值来"逐步逼近"的。当然，我们知道，中国数学家陈景润（1933—1996）取得了至今未被打破的纪录"$1+2$"——它距最终证明"$1+1$"仅一步之近却又万里之遥。

逐步逼近法除了在数学研究中采用，在其他领域中也广泛采用。例如，开普勒发现了行星运动三定律，牛顿发现了万有引力定律，都是用到了逐步逼近法而取得的伟大成果。

我们在日常生活中常常会看到这样的事：上司对下属的不满和惩罚，教师对学生的严厉批评和指责，望子成龙的父母对孩子的埋怨和责骂……我们是不是该反省一下自己是否忽视了逐步逼近法的重要性？

无疑，是逐步逼近法和爱的力量助推着鲸鱼飞跃了一个可能载入吉尼斯世界纪录的高度。对一只鲸鱼如此，对聪明的人类来说更是这样，鼓励、赞赏和肯定会使一个人的潜能得到最大程度的发挥。这就是逐步逼近法的魅力所在。

路，要一步一步地走；山，只能一步一步地爬——这就是逐步逼近法。明白了这个道理，我们就不会去做那些揠苗助长或急功近利的蠢事了。

巧妙的"类比"
——欧拉智解伯努利难题

瑞士数学家雅各·伯努利（1654—1705），是当年著名的伯努利数学家族中的佼佼者。他对无穷级数很有研究，也求出过一些无穷级数的和，但是他对 $\frac{1}{1^2}+\frac{1}{2^2}+\frac{1}{3^2}+\cdots$ 这一后来被称为伯努利级数的无穷级数的求和问题却一筹莫展。他声称，如果谁能求出这个无穷级数的和并把方法告诉他，他将非常感激，但他未能如愿以偿，直至生命的终结。

伯努利死后两年，欧拉出生了。他用奇妙、大胆的类比求得这个和为 $\pi^2/6$。以下是欧拉的求法。

设 $2n$ 次代数方程(1)$b_0-b_1x^2+b_2x^4-\cdots+(-1)^n b_n x^{2n}=0$，有 $2n$ 个不同的根 $\pm\beta_1$，$\pm\beta_2$，$\cdots$，$\pm\beta_n$。

我们知道，两个代数方程如果有相同的根，而且常数项相等，那么其他项的系数也应分别相等，所以有 $b_0-b_1x^2+b_2x^4-\cdots+(-1)^n b_n x^{2n}=b_0(1-x^2/\beta_1^2)(1-x^2/\beta_2^2)\cdots(1-x^2/\beta_n^2)$。

比较上式两边 x^2 的系数，就得到(2)$b_1=b_0(1/\beta_1^2+1/\beta_2^2+\cdots+1/\beta_n^2)$。

考虑三角方程 $\sin x=0$，它有无穷多个根：0，$\pm\pi$，$\pm2\pi$，$\cdots$。将 $\sin x$ 展开为级数后的方程两边除以 x，就得到(3)$1-x^2/3!+x^4/5!-x^6/7!+\cdots=0$。

显然，(3)的根是：$\pm\pi$，$\pm2\pi$，$\cdots$。

本来，(3)的左方有无穷多项，也不是代数方程，明显与(1)不同，但欧拉不管这些，硬拿(3)与(1)类比，并对(3)运用(2)，就得到 $1/3!=$

$1/\pi^2 + 1/(2\pi)^2 + 1/(3\pi)^2 + \cdots$

此式就是有名的 $\pi^2/6 = 1 + 1/2^2 + 1/3^2 + \cdots$

这就解决了"伯努利难题"。其结果刊登在欧拉于1734年发表的一篇文章中。

从以上可以看出，类比推理的基本过程是5个：确定研究对象；寻找类比对象；将研究对象和类比对象进行比较，找出它们之间的相似关系；根据研究对象的已知信息，对相似关系进行重新整合处理；将类比对象的有关知识类推到研究对象上。

将5个过程综合起来，便可得到以下类比推理的动态结构图：

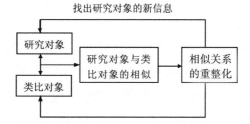

欧拉的类比虽然巧妙、大胆，但却有失严密；因为虽然"一元 n 次方程有 n 个根"是成立的，但既无"一元无限次方程有无限个根"的定理，更不知一元无限次方程的根与系数的关系。为此一些人指责他上述将有限项方程过渡到无限项方程缺乏可靠的逻辑依据。这正是："常恨时人新意少，木秀于林又招风。"

欧拉自己也认识到这一点。他不为求得答案而满足，而是采用其他方法继续研究，以回答这些人对他的诘难，最终找到求该级数和的严格方法，并发表在他于1748年在瑞士洛桑出版的《无穷小分析引论》之中。

从以上欧拉从"不严密"的理论出发得到正确结论的史实中，可以得到以下有益启示。

首先，在科学研究中，不能囿于现成的"严格"理论而裹足不前，不敢越雷池一步，否则便会错过碰到鼻子尖的真理而一事无成，要像欧拉那样敢于突破。挪威数学家阿贝尔（1802—1829）在1826年写道："在数学中几乎没有一个无穷级数是以严格的方式确定出来的。"我们要敢于冲破"有限"，直取"无穷"，进而得到真理。如果事事要有依据，墨守原有理论，就不可能走得更远。这正如英国数学家兰姆（1839—1934）那广为流传的名言："一个非亲自检查桥梁每一部分的坚固性而不过桥的旅行者，是不可能远行的。冒险尝试是必要的，在数学领域也应如此。"中国著名学者王梓坤（1929—　）也深谙此道："在科学研究中，不仅需要严格，而且还需要'不严格'……"

第二，光有上述"大胆""冒险"是不够的，因为真理的确定是要经过严格的逻辑证明且必须要接受实践检验的。没有严格的逻辑证明，像欧拉这样的大数学家也会写出"可怕的公式"$0 = 1^n - 2^n + 3^n - 4^n + \cdots$而导致失误；即使对 1 亿亿个数的验证，也不能最终证明哥德巴赫猜想。在大胆猜想、猜测、类比，把"有限"推向"无穷"之后，应寻求严格的逻辑证明。

在科学史上，从"不严密"出发得出"严密"的例子不止一个。17 世纪下半叶，牛顿和莱布尼茨（1646—1716）发明微积分理论的时候，使用了"不严密"的"无穷小"，他们将它"招之即来，挥之即去"的做法并不严密，因而遭到许多人的反对，但这并不影响微积分理论的正确性。19 世纪后半叶，人们终于用严密的极限理论代替了"无穷小"，使微积分理论建立在可靠的基础之上，达到了微积分理论的"严密"。

通过对两个（或两类）不同的对象进行比较，找出它们的相似（或相同）点，并以此为依据，把其中一个对象的有关知识（或结论）推移到另一个对象中去，这就是类比方法。

类比方法也叫类比推理方法或类推方法，与演绎推理方法、归纳推理方法并称三大推理方法，都属于形式逻辑范畴。

类比方法还可细分为简单共存类比方法、因果类比方法、对称类比方法、协变类比方法、综合类比方法、传统类比方法、模型类比方法等多种。这里的说明是：也有人从另外的角度分为拟人类比、直接类比、象征类比、因果类比、对称类比、综合类比等。

除了用于数学，类比方法还广泛用于其他领域中。英国医学家詹纳把猪痘、牛痘与人痘类比，取得了接种牛痘免疫法的成功。德国物理学家库仑把两个带电小球之间的作用力与万有引力类比，得到了库仑定律。

"微小差异"引出"重女轻男"
——拉普拉斯的数理统计

许多人都认为，生男生女的机会（这在数学上叫概率）是相等的——各占50%，但是事实却并非如此。

一位法国数学家对这个"生理问题"进行了有趣的研究，他就是拉普拉斯（1749—1827）。

我们知道，也是天文学家的拉普拉斯是一位"用事实说话"的人。这方面著名的例子是，他把他的天文学巨著《天体力学》送给拿破仑看，当拿破仑问他为什么没有提到"宇宙的创造者"——"上帝"的时候，他直截了当地回答说："陛下，我不需要这种假设！"

拉普拉斯

在生男生女问题的研究中，拉普拉斯依然"用事实说话"。

1814年，拉普拉斯出版了《概率的哲学探讨》一书。书中就调查研究了生男生女的概率问题。他根据伦敦、彼得堡、柏林和全法国10年间的统计资料，得出几乎完全一致的男婴出生数与女婴出生数的比总是约为22:21。把它写成百分比的形式，就是大约51.16%:48.84%=51.16:48.84。

这就是说，"生男"一般比"生女"略多。

不过，拉普拉斯是个细心的人。他在统计了巴黎在1745—1784年这40年间的有关资料后，却得出了另一个比值——51.02:48.98。和

51. 16∶48. 84 相比，"生男"的数量变少了一些。这虽只有一点微小的差异，却仍然引起了拉普拉斯的注意，但他百思不解这"巴黎人口之谜"。

后来，拉普拉斯终于意识到，会不会是由于其他因素的影响呢？经过调查，他发现巴黎地区有"重女轻男"，抛弃男婴的恶俗，以致歪曲了出生率的真相。经过修正之后，他发现男女婴出生的比率仍然稳定在 51. 16∶48. 84 左右。

国内外大量的人口统计资料说明，男女婴出生数的比率通常都大约是 51. 2∶48. 8。中国在 1953 年是 51. 2∶48. 8 = 1. 049，1964 年是 51. 3∶48. 7 = 1. 053，都在正常的 1. 03 ~ 1. 07 范围内。

"重男轻女"使男女比例失衡

在 2004 年却是 1. 198 6——比 40 年前的 1. 053 高出 14. 6%！这时，我们用拉普拉斯的方法，就可以得知，中国（特别是在农村）因为"重男轻女"，抛弃女婴或者把她扼杀在出生之前的现象非常严重。不过，2010 年的数据下降到了 1. 180 6，2015 年又下降到了 1. 135 1，出现逐年下降的趋势。独享 1998 年诺贝尔经济学奖的印度经济学家、哲学家阿马蒂亚·库马尔·森（1933— ），把亚洲女婴严重偏少的现象，称为"神秘失踪的亚洲女性"。由此可见，这种现象在亚洲（以及全世界）非常普遍，只不过在各国程度不同。

拉普拉斯在数学和天文学领域都有许多重大贡献。数学中著名的"拉普拉斯变换"，就是他发现的。

这一事实雄辩地说明一个哲理，在纷纭杂乱的偶然现象背后，隐藏着必然的规律。拉普拉斯在处理"巴黎人口之谜"中揭示的另一个哲理是，不能忽略这"小不点"0. 14%（51. 16% 与 51. 02% 的差值）！

拉普拉斯发现巴黎地区有抛弃男婴的恶俗所用的方法，叫数理统计法（mathematics statistics）。非常重要的科研方法——数理统计法，是数学的一门分支学科。它以概率论为基础，运用统计学的方法对数据进行分析、研究，进而导出事物的规律性（即统计规律）。当然，拉普拉斯也用了对比法。

这里，我们不妨问一个生理学上很有趣味的题外问题：为什么"生男"一般比"生女"略多呢？这是生物学上的一个有趣课题。

原来，人类体细胞中含有 46 段染色体。这 46 段染色体都是成对的，分为两套，每套中位置相同的染色体，具有相同的功能，共同控制人体的一种性状。第 23 对染色体是专门管性别的，这一对因男女而异：女性这一对都是 X 染色体；男性的这一对中的一条是 X 染色体，另一条是 Y 染色体。由于性细胞的染色体都只有单套，所以男性的精子有两种，一种含 X，一种含 Y；而女性的卵子，则全部含 X。生男生女取决于 X 和 Y 两种精子同 X 卵子的结合。如果含 Y 染色体的精子同卵子结合呈 XY 型，则生男；如果含 X 染色体的精子同卵子结合呈 XX型，则生女。一些生理学家认为，由于含 X 染色体的精子与含 Y 染色体的精子之间存在某种差异，使得它们进入卵子的机会不完全相同，从而造成男婴和女婴出生率不相等。另一些生理学家则认为，女性子宫内的酸碱度（pH 值）对胎儿性别也有一定影响：在 pH 值较高的碱性环境中，含 Y 染色体的精子活动能力较强，就容易和含 X 染色体的卵子结合呈 XY 型，生男的概率就大；在 pH 值较低的酸性环境中，含 Y 染色体的精子活动能力较弱，不能和含 X 染色体的精子竞争赛跑，只能"眼睁睁"看着含 X 染色体的精子和含 X 染色体的卵子结合呈XX 型，生女的概率就大。

在科学研究面临的各种数据中，必须具有透过迷雾"看得真真切切"的慧眼，从而区分哪些是允许的测量误差，哪些是不能放过的、也许"暗藏玄机"的数据。

素数有无限多个吗
——反证法的魅力

古时候那个卖矛又卖盾的故事，是家喻户晓的。这里，我们在科学研究中也要用他的"矛"来攻他的"盾"。

我们的问题是，素数一共有多少个？

古希腊数学家欧几里得回答说：有无穷多个。他说，如果素数只有有限多个，那么，把其中最大的一个素数 n 加上 1，那这个数是素数呢，还是合数？

如果回答是素数，那么，就有了比 n 还大的一个素数。以此类推，素数就有无限多个。如果回答是合数，那么，这个合数就一定含有比 n 还大的素数因子。这也说明有比 n 还大的一个素数。以此类推，素数也有无限多个。

这样，不论哪种情况，都说明素数有无限多个。

在这里，欧几里得巧妙地用了反说证明法，简称反证法——我们不妨把它称为"矛攻盾"。

通过证明和论题相矛盾的判断是虚假的，来证明论题的真实性的方法，称为反证法。

反证法分为归谬法和穷举法两种。

反证法的依据是逻辑学中的"排中律"与"矛盾律"，通过证明题断的反面不能成立，从而肯定题断的正面成立。用它证题分"反设"—"归谬"—"存真"三步。

①反设：假设题断的反面成立。

②归谬：从上面的假定出发，推出与公理、定理或题设相矛盾的结果（或推出自相矛盾的结果），因而得出题断的反面不可能成立。

③存真：肯定要证明的题断成立。

如果命题的题断的反面只有一种情况，这种反证法称为归谬法——在公元前450年左右，古希腊的唯心主义哲学家芝诺（约公元前490—前436）就使用过它。如果题断的反面多于一种情况，那么反证时需要排除，这种反证法称为穷举反证法。

反证法是一种重要的证题方法，它的创始人就是大名鼎鼎的欧几里得。他在《几何原本》第1卷命题7中首先使用之后，在第9和第10卷中都用过它。历史上许多著名的数学命题都是用反证法证明的。古希腊数学家欧道克斯用反证法证明了同时代的著名学者德谟克里特所提出的命题："圆锥、棱锥的体积都是等底等高的圆柱、棱柱体积的1/3。"中国数学家刘徽在《九章算术》中大量使用了反证法。1890年，德国数学家康托对"实数集是不可数的"所做的机敏的证明，也是反证法的巧妙运用。古代几何三大难题、$\sqrt{2}$ 是无理数、抽屉原则的一些命题也是用反证法证明的。

下面，我们用反证法来证明 $\sqrt{3} + \sqrt{2}$ 是无理数。

设 $\sqrt{3} + \sqrt{2} = m$，这里 m 是大于0的有理数。于是 $\sqrt{3} = m - \sqrt{2}$，两边平方有 $3 = m^2 - 2\sqrt{2}\,m + 2$，由此得 $\sqrt{2} = (m^2 - 1) / (2m)$。由于已知 $\sqrt{2}$ 是无理数，而 $(m^2 - 1) / (2m)$ 显然是有理数，这就出现了矛盾，也就证明了 $\sqrt{3} + \sqrt{2}$ 是无理数。

反证法还在数学以外的其他领域大显神通。在物理学中，用它证明了"力线不可能交叉"（力线包括电力线即电感线或电场线、磁力线即磁感线或磁场线等）以及"电力线是平行线的电场一定是匀强电场"等命题。

排队人群启发灵感
——侯振挺证巴尔姆断言

"解决啦！解决啦！完全解决啦……"

1960 年的一天，北京火车站。乘火车的人熙熙攘攘，但井然有序。

突然，一个小伙子不顾服务员的阻拦，冲进月台，向着刚刚开动的火车，向着成百上千的乘客，向着车上的伙伴，这样疯狂地叫喊着，叫喊着……直到火车消失在他的视线之外。

他是谁？为什么事要这样"不顾公德"、不怕危险地冲向火车，向着伙伴喊叫？

1958 年，唐山铁道学院的学生侯振挺（1936— ）在一本《排队论》的著作中看到了这样一段话：关于瑞典数学家巴尔姆的断言，我们看不出怎样才能证明这一点，甚至不知道这个断言在一般的陈述中是否正确。

侯振挺

读者朋友，当我们看到这段话的时候，能有什么感受呢？

"巴尔姆断言真的不能证明吗？"侯振挺这个数学界的新兵有着"初生之犊不畏虎"的勇气，决心攻克这个堡垒。他潜心于这一课题，可是进展不大。

不久，侯振挺来到北京参加科研调查，他仍然利用繁忙中的空隙，继续顽强地进行着对巴尔姆断言的研究。随着一年多岁月的流逝，他怀着急切求教的心情，把自己演算的资料整理出来，准备委托回唐山的同学带给老师看看。在送伙伴回去的火车站候车室里，他久久地望着排队上车的队伍，望着背影在人流中忽隐忽现的伙伴，回想着这几天来整理资料的情景……忽然，他神思飞跃，灵感顿生，觉得这一排排长长的队伍变成了一行行的算式，这一个个人影都成了数学符号，在向他扑来。猛然间，他眼前一亮，一年多来梦寐以求的证明竟然清晰地出现在他的脑际！这时，侯振挺的心情无比兴奋和激动，于是有了前面的叫喊……

洛勒·戴维森

回到住地，侯振挺用微微颤抖的手，写下了《排队论中的巴尔姆断言的证明》，发表在中国《数学学报》1961 年第 2 期第 166～169 页上，1963 年又发表在外文版的《中国科学》杂志上。这篇论文，解决了外国名家未能证明的难题，被中国著名数学家苏步青（1902—2003）院士在 1979 年《新中国数学工作回顾》一文中列为新中国成立 30 年来排队论的 3 项主要成果之一。当然，侯振挺在数学上还有其他方面的成果。他于 1974 年发表在《科学通报》第 1 期第 19～20 页，以及同年《中国科学》第 2 期第 115～130 页上的论文《Q 过程唯一性准则》，成功地解决了概率界数十年悬而未决的 Q 过程的唯一性问题。这项成果，被国际同行称为"侯氏定理"，他也因此独享 1978 年洛勒·戴维森奖（Rollo Davidson Prize）。该奖是英国皇家学会为纪念英年早逝的英国数学家洛勒·戴维森（1944—1970）于 1975 年设立的，1976 年首次颁发。这项国际数学大奖每年颁发一次，奖励取得卓越的概率论研究成果的青年数学家，迄今只有三位中国数学家获得过这一奖项。

你看，成果来得多么容易啊——站在候车室里，望着排队人群上车……

真的如此简单吗？完全不是！

侯振挺百思不得其解的问题在一瞬间得到解决，是他长期苦钻深究的必然结果。试想如果他没有经过一年多的深思，没有大量的计算劳动，这时望着排队上车的队伍，脑子里能够突然引发灵感吗？俄国大文豪车尔尼雪夫斯基（1828—1889）说："灵感是一个不喜欢拜访懒汉的客人。"

灵感是指人们在追踪某一既定目标、在久攻不克的情况下，忽然受到外界条件的启示，茅塞顿开，产生突如其来的领悟或理解，使问题迎刃而解，达到既定的追踪目标的方法。

灵感方法也叫顿悟方法，还可细分为机遇方法、移植方法、意识引导方法、创造与逻辑思维决策方法等。

灵感是人们认识过程中一种质的飞跃，是智力的一种特殊表现形式。灵感的产生，不仅需要量的积累过程，而且有着一定的规律。从许多发明家的传奇故事中，我们可以多少窥测到灵感产生的一些规律。

德国数学家莱布尼茨想改进法国物理学家、数学家帕斯卡（1623—1662）制作的机械计算机，但终日苦思不得其解。在看到中国的八卦之后，启发了他的灵感，从而发明了二进制，这已成为电子计算机的数学基础。

中国有两句谚语——"大鱼吃小鱼，小鱼吃蚂虾，蚂虾吃泥巴"和"一山不容二虎"。1942年，明尼苏达大学青年学者、长期研究生态与环境问题的美国生态学家雷蒙德·劳雷尔·林德曼（1915—1942）在一天休闲中读到这两句谚语时，触发了灵感。接下去，他在对一个湖泊进行了三年的研究之后，终于提出了"食物链"这一生态学的重要概念。

1767年的一天，为改进纺纱机伤透了脑筋的英国纺织工人哈格里夫斯（1721—1778）一不当心，把妻子珍妮的纺车给绊倒了。这时，一个现象竟使他看呆了。原来水平放置的纺锤倒下之后，变成了垂直竖立的纺锤，却依旧在那里转动！正是这种现象触发了他的灵感：既然纺锤在垂直状态下仍然能够转动，那在纺纱机上并排垂直装上几个纺锤，不就可以一次纺出好几根纱来吗？在这次灵感的启发下，他经过反复研究，试制成功了新型的、能同时纺 8 根线的"珍妮纺纱机"，纺纱的效率提高了几倍。

侯振挺、莱布尼茨、林德曼和哈格里夫斯的事迹都证明了：灵感往往发生在人们集中精力研究某一个问题却久攻不克，暂时放下它而注意到其他事情的时候。这是因为人们在经过长时间脑力劳动之后，脑袋里"装"满了与研究课题有关的"材料"，暂时转动不灵了，待到决心暂时放下这"烦人的问题"的时候，大脑得到了松弛，头脑就又变得灵活起来。这时，只要外界稍有启迪、触动，灵感就产生了。

众多的科学家都懂得灵感产生的规律，他们常常自觉地去诱发灵感。当经过长期的认真思考与研究，还找不到解决问题的办法的时候，他们常常把问题暂时放下来，去消遣一下，或者干脆去找朋友聊聊天，设法减轻大脑的负担，造成产生灵感的有利条件。如阿基米德在久久思考不出鉴定皇冠成分的办法时，干脆去洗个澡，结果在浴盆里猛然想出了办法；法国数学家、物理学家、哲学家笛卡儿（1596—1650）的解析几何，竟是在梦境中构思出来的……

也有些人并不懂得运用灵感方法从事科学研究或文艺创作，他们总喜欢一天到晚关在房间里冥思苦想。这样常常既难找出解决问题的办法，又会使大脑得不到应有的休息，致使智力枯竭。

灵感还有一个特点就是，来如电闪去如风，稍纵即逝。有经验的科学家总是随身带着笔和纸，一旦产生灵感，立即把它记下来——灵感是需要及时捕捉的。

灵感从表面看仿佛是偶然产生的，其实也是长期刻苦钻研后"水到渠成"的必然反映。如果你根本没有长时间如痴如醉地想过它，那么，即使有适宜的外界条件，也不可能产生灵感。

从骰子到原子弹
——蒙特卡洛方法的诞生

1777 年的一天，一位法国人家里高朋满座，不过他们不是来赴宴的，而是来"做游戏"的。只见 70 岁高龄的主人将一张画着一组等距离平行线的纸铺在桌子上；把一堆每根长为相邻平行线间距离一半的小针递给客人。"请诸位把针

布丰实验："这就是圆周率"

一根根往纸上扔……"客人们不知主人葫芦里卖的是什么药，但还是照办了。最后，主人数了数，共扔针 2 212 次，其中与平行线相交 704 次，2 212/704 = 3.142。"这就是圆周率"，主人说。

"啊!"——客人们大吃一惊，圆周率竟出现在一场游戏之中。

这个主人就是首先用概率求 π 法的法国博物学家、数学家布丰（1707—1788）。上述实验也称布丰实验，这类问题也称布丰问题。由此还引出了一种科学方法——蒙特卡洛方法（Monte Carlo Method）。

蒙特卡洛（Monte Carlo，其中的 Monte 是纸牌赌博的意思）是地中海沿岸欧洲国家摩纳哥

布丰

的一个城市，它以"赌城"闻名于世。那里云集了来自世界各地的赌徒。赌徒们赢了，可以"纸醉金迷"一番；输了，可以到那里的一座"自杀桥"投河自尽。生死都可以"风流"。

蒙特卡洛方法，是数学中的一种方法。那为什么数学方法要用这样一个城市来命名呢？

数学有一门叫概率论的分支，其起源正是对赌博的研究。当时欧洲在赌博时常用骰子为赌具，于是我们就有了15世纪欧洲用骰子赌博的故事。

意大利数学家帕巧利（1445—1514）最早对赌博中的输赢做了估计。他于1494年发表了数学专著《算术、几何、比和比例摘要》，其中就研究了如下赌博问题。在一次赌博中，两个赌徒都各自要赢6次才算赢，但在一个只赢了5次，另一个只赢了2次时比赛就中断了。问题是：这时应如何分配总的赌金。帕巧利的主张是按5∶2分配。虽然他并没有正确地解答这一问题，但却由此引起了人们的思考。

到了16世纪，另外两位意大利数学家塔尔塔利亚（约1500—1557）和卡尔丹（1501—1576）也研究过类似的赌博问题。为此，卡尔丹还写了一本叫《赌博论》的书。书中算出了掷两颗或三颗骰子时，在一切可能的方法中得到某一总点数的方法数，并认为上述问题的答案不是赌过的次数之比5∶2，而是应该考虑剩下的次数，即总赌金应按$(1+2+3+4)∶1=10∶1$来分配——可见他的思路是对的，但计算方法却不对。

16世纪末，欧洲许多国家的保险业从航海扩大到工商业。由于保险业务的扩大和保险对象都带有随机现象的色彩，所以迫使他们研究这样一个问题：既要保证赢利，因此收的保险金不能太少；又要保证投保人乐意投保，因此收的保险金又不能太多。这就需要对保险问题所涉及的随机现象进行研究而创立保险业的一般理论。这样，概率论产生的时机到了。问题的难点是，保险问题所涉及的随机现象常常被许多错综复杂的因素干扰，因此，人们便从简单的、容易研究的赌博问题入手，于是"骰子"再次摆到数学家们的桌子上。后来有人甚至戏称概率论为"赌博的科学"。

1654年7月29日是概率论的诞生之日。这一天，帕斯卡写信给费马时研究了赌博问题。由于二人的通信讨论，概率这一概念才比较明确，因此两人是严格意义下的概率论的早期创立者。当然，创立者还应加上荷兰数学家、物理学家惠更斯（1629—1695），因为他在1657年发表的《论赌博中的推理》中，建立了概率和期望等重要概念，并得到相应的性质和计算方法。

帕斯卡为什么会给费马写信呢？原来，他有一个朋友叫安托万·戈巴德（1607—1684），又名梅雷骑士（Chevalier de Méré），是一个赌徒。梅雷曾与一个侍卫官各出30个金币投骰子赌博，双方约定如果梅雷先掷出了3次6点，60枚金币就归梅雷，如果侍卫官先掷出3次4点，60枚金币就归侍卫官。

赌徒为结果争论不休

正当梅雷掷出2次6点，侍卫官掷出1次4点时，侍卫官就得到通知，必须马上回去陪国王接见外宾。赌博显然无法进行了，那赌金如何分配呢？梅雷说他应分得全部赌金的3/4即45枚金币，而侍卫官则说自己应分得全部赌金的1/3即20枚金币。双方争论不休，但谁也说服不了谁，于是梅雷就写信向帕斯卡求教。帕斯卡对此也很有兴趣，他经过研究后把这一难题和他的解答一起寄给费马，于是就有了上述通信研究。

经过18—19世纪数学家们的研究——前述布丰实验就是其一——概率论得到了飞速发展。

第二次世界大战爆发后，美国在20世纪40年代研制了原子弹。这就要在洛

冯·诺伊曼

乌拉姆

斯-阿拉莫斯实验室工作的物理学家计算中子在各个不同介质中游动的距离，研究链式反应。在这期间，两位美国数学家约翰·冯·诺伊

曼（1903—1957，出生在匈牙利）和斯坦尼斯拉夫·马尔钦·乌拉姆（1909—1984，出生在波兰），利用数值计算的方法和技巧，在计算机上实现了第一个蒙特卡洛的程序——跟踪大量的中子，模拟每个中子游动的"生命"历史，然后进行统计处理，使中子运动的统计规律显现出来。由此可见，是诺伊曼和乌拉姆首先倡导使用了蒙特卡洛方法。

蒙特卡洛方法是以概率统计理论及方法为基础的，也称为统计模拟方法、统计试验方法或随机抽样方法，有时简称统计方法；是数学方法中概率统计方法里的一种。

用蒙特卡洛方法求解问题的基本过程是三步：①建立一个与问题相关的随机模型（或概率过程），在模型上定义某个随机变量（或随机向量）；②按照所建立的模型，进行大量的随机试验，从而获得随机变量的大量试验值，也就是从已知的概率分布中抽样获得抽样值；③用统计的方法做出随机变量的某个数字特征（如概率、期望、二阶矩等）的估计量，使该估计量恰好是问题的近似解。

不必"一览众山小"
——泰勒斯巧测金字塔

"泰勒斯先生，您的那些理论我们都已经看到了，那又有什么用呢？它能算出金字塔有多高吗？"一个贵族子弟说。

没有思想准备的泰勒斯（公元前624—前547）听人这么一问，一时也没有想出好办法，就说："怎样测出金字塔的高度，让我回去好好想一想，咱们5天以后再见！"这个著名的问题，后来被称为"泰勒斯疑难"（Thales Puzzle）。

泰勒斯

泰勒斯是古希腊哲学家、思想家和数学家，怎么又到了埃及金字塔旁和别人谈论金字塔的高度问题呢？

泰勒斯出生在小亚细亚西海岸门德河口的米利都城（今属土耳其）。那时的古希腊，可不只是希腊半岛现在的这个小小的希腊，而是占领了许多殖民地的"大国"，其中米利都城就在它的势力范围之内。泰勒斯早年是一个商人，曾到古巴比伦、古埃及去游访，学习天文和几何知识。

泰勒斯把具体的几何知识通过逻辑证明上升为理论，从而使几何由经验科学开始转变为理论科学。他的这一让几何"从实验室走向书斋"的伟大成就，被2 000多年以后的德国大哲学家康德（1724—1804）称为"思想方法的革命"。泰勒斯也成为"科学之父"和"数学之父"，他还天才地将理论运用于解决实际问题，如上面提到的他准备测量金字塔高度的故事。

到了第 5 天，泰勒斯如约而至。由于这些贵族子弟回去以后，把泰勒斯要测金字塔高度的消息告诉了全城百姓，所以金字塔旁人山人海，当今世界上最长（长 6 671 千米，但只有大约1/6 的长度在埃及境内）的江河——尼罗河的祭司站在最前边。

泰勒斯望着大家，清了清嗓子说："你们不是想知道金字塔的高度吗？这其实很简单……"

听他这么一说，嘈杂的人群立时静了下来，千百双眼直盯着泰勒斯。

泰勒斯继续说道："当你自己的影子和你身体一样高时，你就去测量金字塔的影子长，这就是金字塔的高度。"这种说法，来自古希腊哲学家亚里士多德（公元前 384—前 322）的学生——古希腊历史学家、将军哲罗姆（公元前 354—前 250）。

多聪明的主意！

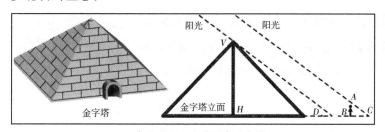

泰勒斯巧测金字塔高示意图

全城的老百姓怔了一会儿，忽地拥向泰勒斯把他高高抬起，欢呼着。祭司则急忙去拿尺子……

原来，泰勒斯是用相似三角形的原理来计算金字塔高度的：图中 $\triangle VHD \backsim \triangle ABC$，人高 AB、人影长 BC、金字塔尖的影子 D 到塔底中心 H 的长 HD（等于人站的那一个方向的底边之长的一半，加上该底边到 D 的长）是容易测出来的；这样，由相似三角形的比例关系就可以知道，塔高 $VH = AB \times HD / BC$。前面泰勒斯所说的"影子和你身体

普鲁塔克

一样高"，则是一种假设的特殊情况，这时塔高 $VH = HD$。泰勒斯实际上测的是竹竿（一说木棍）和它的影子，而不是测的人和人的影子。这种说法，来自罗马帝国时代的作家、历史学家、哲学家普鲁塔克（约46—约120）。当然，这种测量是以太阳光线是平行线为前提的——事实上，照射到地球上的太阳光线接近平行线。

看，泰勒斯没有"会当凌绝顶"而登上金字塔，去"一览众山小"，就测得了它的高度。难怪他会被"高高抬起"，后来知道这一消息的埃及法老也大为惊讶。

泰勒斯测金字塔高度的方法，叫间接测量法，当然也用了数学计算方法。他还用类似的方法测得船舶和海岸之间的距离。

当然，泰勒斯的这些方法对学过中学数学的我们来说，只不过是"小菜一碟"，但对距今2 000多年前的古人来说，却是"一鸣惊人"。事实上，在他之前，就没人知道"两角与夹边对应相等的两个三角形全等"——他是这一初等结果的最早发现者。

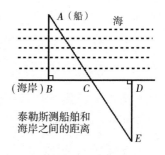

泰勒斯测船舶和海岸之间的距离

因为 C 为 BD 中点，所以直角 $\triangle ABC \cong$ 直角 $\triangle EDC$，于是船岸距离 $AB = ED$。在岸上测出 ED 就知道 AB 的长度了

来自笔尖下的微粒
——正电子的"发现"

电子不是带负电么，难道还有带正电的电子——正电子吗？

1928 年，英国物理学家狄拉克（1902—

狄拉克在讲授量子力学

1984）建立了能解释电子自旋的相对论电子波动方程。由此，他算出了方程的四个解，其中两个负能量的解分别与电子的负能态相对应。

这一"奇怪"的数学解让狄拉克瞠目结舌，陷入困惑——按照量子理论，能量怎么会有负的呢？

面对这一"负能困难"，狄拉克由电荷具有对称性进行类比，于 1929 年 12 月提出"空穴"理论，认为这一带正电的"空穴"就是质子。在德国数学家、物理学家赫尔曼·克劳斯·雨果·韦尔（1885—1955）和美国物理学家奥本海默（1904—1967）的批评下，他进行了进一步的思考，终于在 1931 年 9 月提出"空穴"就是"反电子"，做出了存在正电子的预言。这是人类首次由"计算"做出理论预言的反粒子。

由于受那个时代的认识水平所限，狄拉克的这一预言受到了冷落或批判：当时，负能量被众多学者认为是不可思议的，他们认为这子虚乌有的正电子不过是水月镜花，是狄拉克"单相思"演奏的"狂想曲"。

此时，美国物理学家卡尔·戴维·安德森（1905—1991）正在加利福尼亚工科大学从事宇宙射线的研究。他于 1932 年 8 月 2 日偶然发现有 15 张照片中的粒子向相反的方向运行，与多数照片中粒子运行方向不同，而且这些反向运行的粒子能量高达 63 兆电子伏。

安德森觉得奇怪，这是什么粒子呢？从该粒子运动轨迹的曲率来看，不可能是质子。他果断地做出结论：这是一种新粒子——正电子被偶然发现了。他说："要区别正或负的粒子，从其运动方向就可看清楚。"与负粒子做相反方向运动的就是正粒子。

卡尔·戴维·安德森

有趣的是，安德森并不了解狄拉克的电子理论，更不知道他已经预言过正电子的存在，所以狄拉克偶然"算出"的正电子和安德森偶然发现的正电子虽互不相干，却不谋而合。这在物理学史上传为美谈佳话。

正电子的发现，使人类初次确认了世界上还有一类意想不到的"可怕的"反粒子。其后，人们又发现了许多反粒子，当然，其含义不一定是电荷正负相反。

因为发现正电子，安德森成为 1936 年诺贝尔物理学奖的两位得主之一。英国物理学家、社会活动家、地质学家布莱克特（1897—1974），则因为进一步证明正电子存在而在 1948 年独享诺贝尔物理学奖。

狄拉克预言正电子的方法，是类比法中的对称类比法。

大千世界的许多事物都具有对称性，如左右对称、上下对称、南北对称、东西对称、正负对称、阴阳对称、雌雄对称、虚实对称、黑白对称等，所以科学家们往往用这些规律来进行科学研究。

狄拉克当时还从他的理论出发，预言了反质子的存在。美中不足的是，狄拉克未能进一步就反物质的存在的普遍性做出更大胆的预言。事实上，从爱因斯坦质能方程 $E = mc^2$ 得出的 $c = \sqrt{E} / \pm \sqrt{m}$ 就可以看出，$\pm \sqrt{m}$ 表明了物质和反物质同时存在。

大自然就是充满着这样的对称、美妙、和谐。

"约瑟夫森效应"
——算出来的"隧道"

我们经常听到"隧道"一词——什么扫描隧道显微镜、超导隧道效应……

那"隧道"是怎么一回事，又是谁用什么方法发现的呢？

布赖恩·戴维·约瑟夫森（1940— ）是一位英国物理学家，1960年他20岁时，就在英国剑桥大学攻读物理学博士学位。他的导师阿尔弗雷德·布莱恩·皮帕德（1920—2008）教授，是一位超导体研究专家。

皮帕德　　　约瑟夫森

1960年，在美国通用电气（General Electric）公司工作的伊瓦尔·加福尔（1929— ）——一位出生在挪威的美国物理学家，在实验室里用实验证实了BCS理论（Bardeen - Cooper - Schrieffer Theory）。BCS理论是有关超导现象的理论，由三位美国科学家巴丁（1908—1991）、库珀（1930— ）、施里弗（1931—2019）提出。他仨还因此分享了1972年的诺贝尔物理学奖，

加福尔

BCS分别是他仨姓氏的第一个字母。皮帕德觉得这一理论已经相当完整，因此在超导方面没有什么难题要研究了，有点失望和懊丧。不过，他又想，既然BCS理论是从"动力学"计算出发，经过许多理论分析推导计算才得到的，那么就可以给研究生们出个演算题做一做。他先是交给一个女研究生去做，但女生认为题目太难，便知难而退了。于是，皮帕德就把题目交给约瑟夫森去做。

约瑟夫森小心翼翼地进行了推导演算，可是结果却和已有的结论大相径庭。他觉得莫名其妙，却又无法解释，只好怀疑也许是什么地方出了差错。于是，他又多次验算检查，想找出计算中的漏洞或错误。他找来找去，仍一无所获。问题究竟出在哪里呢？他向皮帕德求教，但皮帕德名声显赫，日程排得满满的，每天东奔西跑，哪有时间和一个研究生探讨习题？

菲利普·沃伦·安德森

正在这时，均分 1977 年诺贝尔物理学奖的三位得主之一——贝尔电话研究所的研究员（1949—1984 在职）、美国物理学家菲利普·沃伦·安德森（1923 — 2020）博士来剑桥任客座教授。约瑟夫森就成了他的学生。

约瑟夫森认真听安德森讲的课，稍有不明白的地方，就去请教。由于安德森总是耐心回答问题，就促使约瑟夫森详详细细地把前述计算题中遇到的、无法解决的问题告诉了安德森，并请他予以指导。安德森仔细地听了约瑟夫森的解释，详细看了他的演算后，也没发现什么差错。

看来，只有用新的理论来解释了。

在安德森的支持下，约瑟夫森于 1962 年把自己根据 BCS 理论得到的新学术成果，发表在学术杂志上。这就是约瑟夫森效应即超导隧道效应—— 一个由进行科学演算题目而引出的发现。

一年以后的 1963 年，约瑟夫森的理论在贝尔实验室得到证实，指导这一实验的就是安德森。

什么是约瑟夫森效应呢？就是在超低温状态中的低能量超导粒子或电子对的隧道，贯穿两种超导材料之间的薄绝缘势垒的现象。通常可分为直流和交流两种效应。由于量子隧道的作用，呈现直流电流通过两个超导金属中间的薄绝缘势垒的效应称为约瑟夫森效应。当势垒两边施加直流电压 U 时，会有频率 $\upsilon = 2eU/h$ 的交流电流通过势垒的效应，称为交流约瑟夫森效应。上述式子中的 υ 值同连接电路所用的材料无关，e 为电子电荷量，h 为普朗克常量。

1973 年的诺贝尔物理学奖授予了三人：约瑟夫森——用理论预言了超导隧道效应，获总奖金的一半；因为发现半导体超导隧道效应的加福尔、日本物理学家江崎玲于奈（1925— ），共享总奖金的另一半。

后来，许多人按约瑟夫森提出的理论，制成了约瑟夫森器件。这种器件是在两块只有零点几微米厚的铅或其他合金做成的超导体薄膜之间，夹一层通过氧化方法形成厚度仅为 10 皮米的绝缘介质层组成的"超导体－绝缘体－超导体"的结构，即所谓"超导结"（SIS）。当这一超导薄膜两边加上电压时，电子好像通过隧道一样毫无阻挡地从绝缘介质层穿过，形成很小的电流（一般为几十微安，最多不超过 10 毫安级），而两端几乎没有电压降（这就是所谓"微超导电性"）；但当电流超过某一临界电流，或从外部加上小磁场使临界电流变化时，电子对就受绝缘层阻挡而在两端产生电压降，使之从无电压降变到有电压降。

超导的实现，在这里显然是隧道的机理去完成的。近代量子力学理论指出，电子并不一定非要从高能级的高山之巅翻越而过，它们在一定条件下有机会就要以极小的能量从这座大山的底部穿过去，就像火车从隧道顺利过山一样。

用约瑟夫森器件制成的电脑叫超导电脑或超导计算机。它具有运算速度快、耗电省、发热量很小且集成度很高、功能多等优点，世界各国正竞相研制。

利用超导结的约瑟夫森效应，还可用于进行灵敏度很高的电子学测量。

约瑟夫森效应不但有许多重要的实用价值，而且在理论上也有重要意义。它极大地促进了超导技术的发展，并逐步由此形成了当今一门新兴学科——超导电子学。

"休闲" 引出物理成果
——格拉塞尔发明气泡室

大自然常给我们启示和灵感，机会从来是均等的。但要想做出发明和发现，关键在于要做有心人。下面的两个发明故事，就生动地说明了这一点。

在英国物理学家查尔斯·汤姆森·里斯·威尔森（1869—1959）发明了"威尔森云雾室"（常简称"云室"）之后，科学家们发现云室有一个很大的缺点——气体密度低，即气体单位体积中含有的物质非常少。

于是，发明一种新的工具的任务就历史性地摆在科学家的面前。美国物理学家道纳德·阿瑟·格拉塞尔（1926—2013）就是其中的一个探索者。

格拉塞尔是加利福尼亚大学伯克利分校的教师。1952 年，他一直在专心致志地研究怎样做出这种发明，但苦苦思索仍无结果。一天，格拉塞尔走到啤酒馆，准备喝点啤酒轻松一下。啤酒瓶打开以后，他看到气

格拉塞尔

泡不断从底部向上一串串冒出。"多好看的气泡呀，一串串，又一串串，有秩序地上升。"他自言自语地说。"这有什么奇怪，啤酒都冒气泡，过一会儿就会完的。"他的朋友不以为意地说。

格拉塞尔却不想这样简单地打住完事，啤酒泡已使他茅塞顿开：

"既然威尔森能够利用气体中的液滴来进行研究，我为什么不能利用液体中的气泡来胜他一筹呢？"说完，他把一粒沙子放入啤酒中，只见沙子一边下沉，一边从它经过的路径周围又不断冒出一串串新的气泡。他已经将啤酒气泡和云室的液滴进行类比，找到了发明新工具的钥匙。

这里的问题是，啤酒泡究竟给了格拉塞尔什么启发呢？啤酒泡为什么会两度升起呢？

原来，啤酒泡是在高压下溶在啤酒里的二氧化碳气体。平时，啤酒瓶盖子紧紧地密封住瓶口，瓶内保持了较高的压强，啤酒里的二氧化碳不会出来。一旦打开瓶盖，压强减小了，溶在啤酒中的二氧化碳的溶解度随着压强的减小而减小，就从啤酒中逸出来，变成大量气泡上升。刚冒气泡的啤酒，还处在不稳定状态，过一会儿之后，逐渐趋于平衡，气泡就减少了。但当遇到沙子的扰动时，平衡状态又被打破，就会继续产生气泡。

根据上述启发，格拉塞尔在同年即1952年，终于发明了一种由热液中的小气泡显示出粒子径迹的新工具——气泡室，并因此独享1960年诺贝尔物理学奖。

格拉塞尔开始发明的气泡室使用的是液体乙醚，它比威尔森云室里气体的密度增加了上千倍，能比云室更好地观测微观粒子的径迹。其原理是，先将乙醚置于沸点温度，再将压力突然降低，从而使液体温度处于降低了的沸点之上。这样，微观粒子的径迹就形成一串小气泡被观测到。接着，他又用不同流体做类似的试验，其中最重要的是液态氢和液态氙。前者原子序数低，后者原子序数高。

后来，美国科学家路易斯·沃尔特·阿尔瓦雷茨（1911—1988）用液态氢对气泡室进行了改进，"对基本粒子物理做出了决定性的贡献，特别是发现了许多共振态"，因此独享1968年诺贝尔物理学奖。

气泡室作为重要的粒子探测工具，为物理学家做出了许多贡献。人们首先用它在质子、反质子的湮没实验中发现了共振。

从推理的角度说，格拉塞尔用的是类比方法。从思维角度说，他用的是联想方法和灵感方法。

古希腊哲学家、科学家亚里士多德对联想方法中的相似联想、接近联想、对比联想的特点进行过研究。

相似联想是指会想起与原有刺激相似的事物，如由火柴想到打火机。格拉塞尔用的就是相似联想。

接近联想是指会想起与原有刺激接近的事物，如由高压线想到变压器。

阿尔瓦雷茨

对比联想是指会想起与原有刺激相反的事物，如由地下想到天上。

除以上三种联想，还有因果联想、强制联想、离奇联想、质疑联想、审美联想等。

"运动要力来维持"吗
——伽利略的理想实验

静止的物体，如果没有受到外力，它会永远静止不动；运动着的物体，如果没有受到新的外力，它最后会停下来。这些司空见惯的"直观现象"，使古希腊伟大的学者亚里士多德得出一个结论：运动要有力才能进行，才能维持。由于他的权威地位，这个结论和他的其他理论，被保持了2 000多年，成为禁锢世人思想的枷锁。

"运动要力来维持"吗？历史之钟指向16世纪——意大利科学家伽利略（1564—1642）降生了。他要对这"天经地义"的"真理"打问号。

用力推车，车子前进；停止用力，车子并不立刻停下来，而是继续运动一段距离。如果我们如"伽利略的理想实验图1"，在三种不同的水平面上用相同的力推一下小车，可以看到：小车在铺了毛巾的粗糙平面

伽利略

上前进的距离最短，在铺了棉布的不太光滑的平面上前进的距离稍长，而在光滑木板表面上前进的距离最长。可见，表面越光滑，小车受到的阻力越小，前进的距离越长。

沿着这条线索思考下去，我们可以想象一种"理想境界"：表面绝对平滑，小车轮轴上也毫无摩擦，这样被推动起来的小车将一直继续运动下去，永远不会停下来。这是一种科学推理，伽利略正是运用这

种推理方法进行研究的。这种在"人间"不可能做的、只能在"脑袋瓜里"做的实验，叫理想实验；这种研究方法，就是理想实验法。

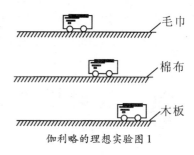

伽利略的理想实验图1

伽利略还研究了物体在斜面上的运动，发现物体沿斜面向下运动时，速度不断增大；物体沿斜面向上运动时，速度不断减小。他根据这些现象想到，如果没有摩擦力，物体在水平面上的运动速度应当是不变的。于是，他又构想了另一个摩擦力为零的理想实验。

从"伽利略的理想实验图2"可以看出，把两个斜面对接起来，让静止的小球从一定高度 h 沿第一个斜面滚下来（图甲），小球将滚上第二个斜面。如果没有摩擦，小球将沿第二个斜面上升到同样的高度。如果减小第二个斜面的倾角（图乙），小球被释放后，仍可达到原来的高度，但要通过更长的路程……

继续减小第二个斜面的倾角，使它最终成为水平面（图丙）。显然，此时小球依然"想"达到同样的高度，但由于原来的第二个斜面变成了平面，它就永远不能实现自己的"理想"了。于是，它只好沿着水平面以恒定的速度永不停息地运动。

可见，在没有摩擦阻力的理想情况下，物体将以恒定的速度永远运动下去。

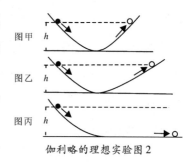

伽利略的理想实验图2

伽利略的理想实验以可靠的事实为基础，经过抽象思维，抓住主要因素，从而深刻地反映了自然规律。这种把可靠的事实和深刻的理论思维结合起来的理想实验法，是科学研究中的一种重要方法。

那么，伽利略通过上面两个理想实验发现了什么呢？学过物理的人都知道，得到的结论后来成为牛顿第一定律。这个定律使亚里士多德的"运动要力来维持"的"真理"变为谬论，进而去掉了2 000多年来的那件禁锢人类思想的枷锁。

爱因斯坦对伽利略的理想实验法给予了很高的评价："伽利略的发现和他所应用的科学推理方法，是人类思想史上的最伟大的成就之一，而且标志着物理学的真正开端。"

理想实验法是科学家们经常采用的一种科学方法。爱因斯坦在20世纪30年代末与他人合著的《物理学的进化》一书中，介绍、使用的理想实验就多达8个，如著名的"封闭电梯实验"。1927年，德国物理学家海森堡（1901—1976）阐明测不准原理用的"火箭仓理想实验"；1927年10月在布鲁塞尔召开的第五届索尔维会议上，爱因斯坦与丹麦物理学家玻尔（1885—1962）论战时用的"光子箱实验""单缝衍射实验"；在同一次会上，玻尔反驳爱因斯坦时用的改进之后的"光子箱实验"等，都是著名的理想实验。

"重物落得快"的悖谬
——科学中的归谬法

让一块石头和一张纸从同样高处"自由"下落,将会看到石头先落地,于是我们得出"正确"的结论:重物比轻物落得快。

2 000多年前的人不难观察到上述现象,于是古希腊的亚里士多德率先提出以下看法:物体自由下落的速度是由它们的轻重决定的,重物比轻物落得快。当然,这个看法是错误的,虽然它与前述石头比纸下落得快的事实毫不矛盾。

伽利略在比萨斜塔上做实验

证明亚里士多德失误的任务历史性地落在了伽利略身上。

那么,伽利略是如何推翻亚里士多德的"理论"的呢?

伽利略在1638年写的《两种新科学的对话》中说,现在将轻、重二物捆在一起,按"重物比轻物落得快"的说法,这一更重的捆绑物将比重物还落得快;而按轻物比重物落得慢的说法,重物将被轻物拉着而使捆绑物比重物落得更慢。

显然,这互相矛盾的结果已将亚里士多德的"理论"证谬。在这里,伽利略用了归谬法。据说,伽利略还在比萨斜塔上做实验证明重物和轻物落得一样快。

后来,伽利略通过对斜面上运动的物体的研究,得到了自由落体运动的规律。

归谬法是用对方的论题推导或引申出荒谬的结论，从而证明论题不能成立，属于反驳证明法中的直接反驳法。反驳证明法除直接反驳法，还有间接反驳法、虚假论证法、归纳反驳法、演绎反驳法等。

这里需要说明的是：归谬法有两种不同的归类。一种是这里的归类法；另一种则把它和穷举反证法一起归入反说证明法——简称反证法（一种间接证明法）。有人把伽利略在这个故事中用的方法叫反证法。

从"运动要力来维持"和"重物比轻物落得快"被证谬之后，亚里士多德就不再是完全正确、绝对真理的化身了。

经历 2 000 年才认识到亚里士多德的谬误，这给我们以深刻的教益。

亚里士多德是古代最伟大的哲学家和科学家，他是当时几乎每一类学科的带头人，他不少于 170 部（有 47 部保存至今）的著作构成了他所在时代的"百科全书"。由于他的这种圣贤地位，使后来者产生了盲从，以致在中世纪末期到了近乎偶像崇拜的地步。这时他的作品和理论已不再是一盏指路明灯，而是成了禁止人们进一步探索知识的障碍。这样，一些谬论统治 2 000 年便不足为奇了。

博罗

事实的确如此，虽然伽利略之前也有几位学者对相关问题曾提出过质疑，但都半途而废。伽利略的老师、哲学教授吉罗拉莫·博罗［Girolamo Borro，又名吉罗拉莫·博里（Girolamo Borri），或海欧纳莫斯·博里（Hieronymus Borrius），1512—1592］，就在 1575 年出版的一本书中写道："我们从窗口以同样的力投出重量相同的物体，铅块快于木块。"1544 年也有一位历史学家记述了三个人曾对亚里士多德的落体看法表示怀疑。此外，意大利帕都亚的天文学家、物理学家与数学家朱塞佩·莫勒第（1531—1588），也于 1576 年在小册子《大炮术》中以当时惯用的对话方式，对亚里士多德的落体理论提出质疑。1586 年荷兰科学家斯蒂文（1648—1620），则在暗地里用相差 9 倍的两个铅球做落体实验，成为向亚里士多德挑战的起点。可惜的是，他们都不敢触犯当时宗教笃信的亚里士多德的教义；何况亚里士多德的理论指的是落体的"自然运动"，即没有媒质（空气）作用的自由落体运动——这是一种理想情况，在没有真空泵的 16 世纪，谁都不可能准确地用实验进行检验。

由此，我们得到的第一个教益是，不能盲目崇拜权威，而应像伽利略那样，敢于向权威挑战，让并没有证实的"理论"在科学方法下接受考验，最终得出正确的结论。

机械运动是最直观、最简单，也是最便于观察的一种运动形式，因此亚里士多德凭着直觉观察、凭着经验得出结论也无可指责。任何自然现象都因有不可避免的干扰因素而变得错综复杂，自然规律不可能以完全纯粹的形态自然地展现在人类面前，而往往是披上神秘的面纱。这样，没有经过可靠的实验，没有在此基础上科学地进行逻辑推理的亚里士多德的失误也就在所难免了。

由此，我们得到的第二个教益是，不能仅凭直觉和经验，而应通过复杂的提炼、深刻的简化、准确的复现、高度的抽象和理论的研究，才能揭开大自然的"假面具"，显露真理的一角。

虽然人们笃信真空中物体落得一样快，但新的探索仍在继续。

匈牙利物理学家厄缶（1848—1919）及其合作者在 1888—1922 年，进行了连续 30 多年精确测定惯性质量和引力质量的实验，并陆续发表成果，最终达到两亿分之一以下的精度，企图找出物体的重力加速度是否会因材料不同而异。结果表明这种差异小于 1%，因此一般物理学家并不认为这表明了什么新情况。

在 1986 年 1 月 6 日，美国的菲施马赫等人在《物理评论快报》上发表文章，认为厄缶等人的实验表明，不同物质的重力加速度是不同的，因而伽利略提出的即现在经典力学的重物与轻物落得一样快的理论，又受到质疑和挑战。

菲施马赫还认为，这种下落加速度不同的原因，源于一种至今并不知晓的、地球与物体之间的引力引起的微小斥力。这样，除了人类知道的万有引力、电磁力、强相互作用力、弱相互作用力，还有第五种力。起初称地球与物体间的这种斥力为超电荷力，后来美国正式命名为超负载力。

此外，美国马萨诸塞大学物理学家约翰·多诺古和拜利·侯斯坦也同样在《欧洲物理》杂志上撰文指出，根据量子场论的计算，从惯性质量和引力质量略有不同这一前提出发，推导出不同质量的物体具有不同下落加速度的结论。虽然这两种质量相等的等效性原则是爱因斯坦建立广义相对论的一条基本原则，而且为前述厄缶等人在一定精度内证实，但在"奇怪"的量子力学中，两者并不相等。

从量子的观点看，所谓带电粒子，其实是围绕着一圈"质子云"的粒子，这些质子始终被该粒子发射、吸收着，永远处于动态平衡状态。这种过程改变了带电粒子的总能量。根据爱因斯坦的质能方程，能量的减少意味着质量减少，因此质量相同的物体，热的总比冷的下落得慢。

多诺古和侯斯坦还根据狄拉克方程和量子辐射场理论计算得知：引力加速度与质量和温度有关，因而轻、热的物体总比重、冷的物体下落得慢。

由此可见，伽利略经典的重物与轻物落得同样快的理论也受到了质疑。人们就在这种质疑中探索并非一成不变的真理而达到更高的层次，即使这种快慢差别也许非常微小。

在通常情况和一般精度下，人们还是认为在真空中轻物和重物是落得一样快的。在中学课堂中，老师会用抽真空的玻璃管做这样的实验。1971年7月26日到8月7日期间，历史上第七位在月球上行走的人——美国宇航员戴维·兰道夫·斯科特（1932— ），乘"阿波罗－15"号飞船首次登月（这是"阿波罗"的第四次成功登月），在月球上让一把锤子和一根羽毛同时下落，它们在没有空气的月亮表面同时落地。

斯科特

迄今的最新成果是，因发明"原子喷泉"的激光冷却技术，从而与另外两人共享 1997 年诺贝尔物理学奖的美籍华人朱棣文（1948— ），于 1999 年 8 月用原子代替一般重物做了"两个铁球同时落地"的实验，其精度比以前提高了 100 万倍，结果是"同时落地"。1999 年 8 月 26 日出版的《自然》杂志发表了这项试验结果。他的这一"现代版比萨斜塔实验"，被列为当年 10 项或 100 项重大科技成果之一。

由亚里士多德到朱棣文，一个"落体研究"就是 2 000 多年！可见科学走过了多么漫长、曲折的道路啊！

万有引力定律的发现
——牛顿也做理想实验

在举世闻名的剑桥大学三一学院的北门口，种着一株据说是从牛顿家乡移来的苹果树。

传说，1666 年秋，牛顿在家乡一棵苹果树下看到苹果下落时产生了灵感——地球具有引力，从而研究发现了万有引力定律。

牛顿看到苹果下落的故事广为流传，但是千百万人都看到苹果下落，却为什么没有发现万有引力定律呢？牛顿又是怎样发现它的呢？

1665 年夏，灾难降临到英格兰的许多地方——包括剑桥。当时剑桥的一位学院院长写道："万能的上帝公正严厉，带着瘟疫莅临剑桥城。"这种瘟疫是黑死病，又名淋巴腺鼠疫，最初于 1347 年在欧洲出现。黑死病的初期症状为剧烈的头痛和眩晕，接着四肢颤抖、腋下和腹股沟肿胀、高烧，最后皮肤出现黑斑，象征着死亡的临近。面对这种传染性疾病，当时人们束手无策，只能求助于罗马人的一句著名格言，当瘟疫来到时，"快快地逃走，远远地避开，迟迟地归来"。同年 8 月 7 日，牛顿所在的三一学院关闭。同年 10 月，剑桥大学评议会投票后决定关闭大学。牛顿在三

牛顿在苹果树下获得灵感

一学院关闭前已经离开，回到自己的家乡沃尔斯索普村，直到 1667 年 4 月下旬才重返剑桥——中间曾短时归校，整个离校时期将近两年。

牛顿充分利用这段时间进行科学研究，得到许多成果，其中就有对万有引力的研究。

那么，牛顿又是怎么得到万有引力定律的呢？

1687 年，牛顿的《自然哲学的数学原理》（*Philosophiae Naturalis Principia Mathematica*，简称《原理》）出版，书后有一个附录《论世界体系》（*De mundi systemate* 或 *De Systemate Mundi* 或 *The System of the World*）——它是牛顿此前作为讲义交给剑桥图书馆的《论物体的运动》的第二部分。《论世界体系》里写道："由于向心力，行星会保

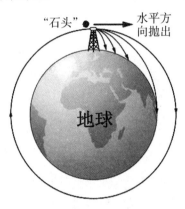

牛顿抛"石头"的理想实验

持于某一轨道，如果我们考虑抛体运动，这一点就很容易理解：一块石头抛出，由于自身重量的压力，被迫离开直线路径，如果单有初始投掷，理应按直线运动，而这时却在空气中描出了曲线，最终落在地面；投掷的速度越大，它在落地前就走得越远。于是我们可以假设当速度增到如此之大，在落地前描出一条 1、2、5、10、100、1 000 英里（1 英里约合 1 609.344 米）长的弧线，直到最后超出了地球的限度，进入空间永不触及地球。"

看，这里牛顿投出了速度"如此之大"的"石头"以至于它能"进入空间永不触及地球"。显然，这是不可能的——牛顿用的也是理想实验法。

牛顿还把投掷人和石头分别换成大炮和炮弹，也可以做这个理想实验，于是我们在一些书中就看到了"大炮实验"的说法。

进一步的叙述还可以在牛顿辞世后于 1728 年单独出版的《论世界体系》一书中看到："但是，我们现在设想，如果在 5、10、100、

1 000英里或更高的高度上……将物体沿与地平线平行的方向抛射出去，那么……它们将画出与地球同心的弧，或者各种偏心率的弧，在天空中沿这些弹道一直运动下去，恰似行星沿各自的轨道运行那样。"

既然牛顿投出了能"进入空间永不触及地球"的石头，"恰似行星沿各自的轨道运行那样"，那月亮为什么又不可以是这种"石头"呢？重力是延伸到月球轨道的呀！更进一步，万物群星不是也有这种引力吗？

这一思想在《原理》中讲得更为明确，牛顿终于领悟了万有引力的真谛，把"地面上的力学"和"天上的力学"统一在一起，形成了以三大运动定律为基础的力学体系。

当然，万有引力定律的确立，还牵涉许多其他复杂的问题，但这已经超出我们这个故事的范围了。

由"含量"得"时间"
——"考古时钟"的发明

这里有一个谜语：有一种不需人为供给能量——像"不吃草的马儿"，但却能永远、准确、长时期计时的"钟"，这是什么钟？

谜底是——"考古时钟"。

说起考古时钟，还得从第二次世界大战末的一个故事说起。

1945 年 5 月 29 日，两名荷兰警察走进首都阿姆斯特丹凯策斯格拉赫特街 321 号，奉命逮捕荷兰画家汉·范·米格伦（1889—1947）。逮捕他的原因，是他犯有"叛国罪"。

原来，画家兼画商的米格伦，曾在第二次世界大战期间将荷兰 17 世纪著名画家

弗美尔的另一幅名画：
《戴珍珠耳环的少女》

杰·弗美尔（1632—1675）的油画《耶稣基督与奸妇》高价卖给德国空军总司令、纳粹头子海尔曼·威廉·戈林（1893—1946）。

那么，警方又是如何得知米格伦曾将名画卖给戈林的呢？原来，在第二次世界大战后反纳粹的清查工作中，警方发现了一位银行家把上述名画违法卖给戈林，而银行家则供出他仅仅是代理米格伦出卖这幅画的。

"叛国罪"使米格伦面临死刑或无期徒刑。

可有趣的是：米格伦虽然承认将那幅画卖给了戈林，但却不承认

自己是在"卖国",反而声称自己是一位"爱国者"。他申辩说,那幅画并不是弗美尔的原作,而是他临摹的赝品。把赝品卖给戈林,欺骗了敌人,当然不是"叛国",而是"爱国"。当年7月他在狱中供称,该画和另外一幅非常美丽的《在埃马斯门徒中》,以及另外几幅已被世人公认是弗美尔作品真迹的《在洗脚》《看乐谱的女人》《弹曼陀林女人》等名画,都是他自己仿制的。

戈林

米格伦的供词,使舆论界发生了一次强烈的"地震"。经专家鉴定确认是弗美尔真迹的名画《在埃马斯门徒中》,曾以17万美元高价卖给一个协会,现在居然有人声称那是他的伪造品,这怎能使人相信呢?更尴尬的是,弗美尔的作品,一下子全部陷入真假难辨的深渊。

轩然大波一起,人们议论纷纷,认为米格伦的声明根本不可信。认为他这样说,只

弗美尔

不过是为了逃脱"叛国罪"而玩弄的伎俩而已。法官对此也予以否定,因为法官知道戈林是一个精明的名画收藏家,赝品怎能鱼目混珠,骗过他的眼睛呢?

于是,米格伦向法官建议,请把画笔、画布、颜料等送进监狱,让他当场临摹一幅弗美尔的画给他们看一看。这样,米格伦就在狱中开始了复制弗美尔另一幅油画《教堂里的年轻基督》的工作。当他快完成仿制工作时,他得到即将被判"叛国罪"的消息,就失望地放弃了最后将画做旧的工作。这样一来,世人再也无法知道他是否真的制造过赝品了。

为了彻底查清这桩疑案，一个由著名化学家、物理学家、历史学家等组成的国际陪审团负责了调查。他们用化学分析、X光探测分析等方法去研究画及组成画的颜料，最后宣布，该画确是赝品。于是在1947年7月，米格伦仅以"伪造名画"罪被判监禁一年，但不幸的是，同年12月30日，他就因心脏病发作而死在狱中。这样，再也无法从他身上找到有关名画的新证据了。

米格伦是一位三流画家，毕业于海牙艺术学院。由于他的作品不值钱，无人购买，在穷极无聊之际，便干起了伪造名画的勾当，高价出售，牟取暴利。他共伪造14幅名画，已卖掉9幅。这次为了逃脱"叛国罪"，才被迫供出自己

法庭上的米格伦（前）

曾伪造名画。这似乎很合"情理"。现在他死了，似乎案件就了结了，然而他这一死，却使案件变得更加复杂，这又是为什么呢？

首先，它牵涉的不是弗美尔的一幅，而是多幅名画的真伪。价值连城的多幅名画真伪难辨，人们的惶恐可想而知。

第二，米格伦不能再提供新材料了，而许多人又认为陪审团的分析根据不充分；况且，他既然能仿造出足以乱真的《在埃马斯门徒中》等名画，为什么在狱中画的《教堂里的年轻基督》又如此低劣呢？由此可见，前者绝不是米格伦伪造的。陪审团的解释是，因为米格伦对他复制的《在埃马斯门徒中》被轻率遭否定而感到失望了，所以对后来在狱中复制《教堂里的年轻基督》便"无心恋战"而草草了事。显然这种解释难以令人信服。

时间在人们喋喋不休的议论和争论中过去了20多年。

1968年，美国卡耐基－梅隆大学的科学家们终于破解了米格伦疑案。

他们又是用什么手段和方法解开这个谜的呢？这得从头说起。

天外射来的宇宙线在高空打击大气中的原子核，会使它们崩裂放

出中子。这些中子撞击大气中的氮 14（^{14}N），使一部分氮放出一个质子变成碳 14（^{14}C），碳 14 是碳的一种同位素。碳 14 是要走"回头路"的，它会放出一个带负电的粒子，重新变为氮 14。这是一种放射性衰变，不过，这种衰变异常缓慢。但正是由于这种衰变，我们周围大气中的碳 14 的含量才没有越来越多。

植物通过光合作用，把含有碳 14 和碳 12（^{12}C）的二氧化碳吸收入体内，动物吃了植物，碳 14 和碳 12 又进入动物体内。

当动植物死后，就不可能再吸收大气中的碳 14 了，而它们在生前吸入体内的碳 14 却会因自己的衰变而日渐缓慢减少。具体地说，大约经过 5 730 年，碳 14 的含量就会减少一半；经过两个 5 730 年即 11 460 年，就减少到原来的四分之一；以此类推。这样，就可以根据碳 14 的含量来测定这些"死者"生存的年代了。测定碳 14 的方法是使用放射性探测器。上述 5 730 年，称为碳 14 的"半衰期"——衰减一半所花的时间；各种元素的半衰期不尽相同。

这样，碳 14 就成了一只能测量很长时间的"钟"——"考古时钟"。考古时钟不但是物理学史和化学史上的杰作，也是科学史上的杰作。解决关键难题的美国化学家利比（1908—1980）因此独享 1960 年诺贝尔化学奖。

利比

这种"钟"不但计时长，而且很准确。原来，放射性同位素衰变的快慢是由核内本身的因素决定的，跟原子所处的物理、化学状态无关。例如，一种放射性元素，不管它是以单质或化合物形态存在，还是对它施加压力或改变它的温度，都不能改变它的"半衰期"。真是"虽经沧桑，依然故我"。此外，这"钟"还显然是一只"不吃草的马儿"。

那么，前述 1968 年美国科学家们确定米格伦的确伪造了名画，是不是用碳 14 这只"钟"测定的呢？不是的，不过测定的原理却是一样的：测定油画颜料中钋 210（一说铅 210）和镭 226 的衰变率，便测出了颜料的"年龄"即油画的"年龄"。

后来，科学家们又发明了用"热释光"和"古地磁"等测量地质年代的方法。

由"含量"测"时间"，用的是科学中的转化法即转换法——将"含量"转化为"时间"，也用了间接分析法。

转化法和间接分析法应用广泛，神通广大，在各种领域经常使用。例如，在大致鉴定黄金的"成色"（含量）时，自古就有"七青八黄九紫十赤"的说法。如果看见是"青"色，就知道纯金"含量"有"七"成——约70%，以此类推。

爱迪生把声音转化为唱片上的纹路，用了转化法。科学家把声像信号转化为数字信号刻录在光盘上，把声像信号转化为电信号传到千家万户成为电视节目，也是用的转化法。

科学家用声呐发出的超声波来回所用的时间来探测海的深度，用激光到月球往返所用的时间来测月地之间的距离，都用了转化法和间接分析法。

从太阳中取回"金子"
——光谱分析法的发明

太阳是一个高温星体，它的表面温度就高约 6 000 ℃，内部更达几千万摄氏度，怎么能从那里取回金子呢？

故事得从 17 世纪中叶的牛顿说起。

1665 年，伦敦流行鼠疫，牛顿只得回到乡下老家。在家约一年半的时间里，他发现太阳光通过三棱镜后会形成七色光谱，这就是著名的色散实验，不过，光谱中有 7 条暗线被牛顿忽略了——他没有看到这些线，更不知道它们有何意义。

直到 1802 年前后，英国化学家武拉斯顿（1766—1828）才发现了上述 7 条暗线，但遗憾的是，他认为这不过是多色区域的自然分界线。

到了 1814 年，德国物理学家夫朗和费（1787—1825）终于发现，上述暗线远远不止 7 条，他就已经观测到 600 多条——现在已观测到 3 万多条。他断定这些暗线是太阳光谱固有的。他还发现，恒星光谱中的暗线，与太阳光谱中的暗线位置相同，不过，他也没有领悟到这些暗线会有什么意义。

最先认识到光谱与元素关系的人是英国天文学家约翰·弗雷德里克·威廉·赫谢尔（1792—1871），他于 1823 年指出，每种元素只会产生自己特有的光谱线。他还建议通过这些光谱线来检验某种元素是否存在——这就是"光谱分析法"。1825 年，英国化学家、摄影家塔尔波（1800—1877）也有类似的认识。

1854 年，美国物理学家阿尔特（1807—1881）正式提出光谱分析的基本原理和方法：不同元素的谱线不同，它们各自具有不同的"光谱指纹"；"利用一块三棱镜就可将星球和地球上的元素检验出来"。

法国实证论哲学的创始人孔德（1798—1857），在阿尔特之前于1825年写的《实证哲学讲义》一书中，却发出了一个不和谐的声音："天体的化学成分是人类永远无法认识的。"他把这一观点坚持到他死的时候。

真的不能认识吗？本故事的主角"闪亮登场"了，他们是德国物理学家基尔霍夫（1824—1887）和他的同胞、物理学及化学家本生（1811—1899）。基尔霍夫生于哥尼斯堡，1847年在哥尼斯堡大学毕业后于次年

基尔霍夫　　　　本生

赴柏林大学任教，1849年成为该校大学教授。其后，他在1854—1875年任海德堡大学教授，1875年又回到柏林大学任教。本生出生于格丁根，1827年在格丁根大学学习，1830年获得博士学位。他在欧洲参观、工作之后，于1833年回国任哥廷根大学副教授，1838年担任马尔堡大学教授。

就在基尔霍夫任海德堡大学教授期间，这两位科学家相遇，珠联璧合的协作开始了：基尔霍夫是有雄厚牛顿力学基础的物理学家，本生是当时第一流的化学家。本生原来用滤光镜研究光化学——吸收或产生光的化学反应的化学分支。基尔霍夫建议"不要直接观察火焰"，要用三棱镜"观察光谱"。他们终于通过实验，发明了前述科学家从原理、方法上说明，但未实现的光谱分析法。1859年10月27日，基尔霍夫公布了这种方法：通过元素的"光谱指纹"来鉴别物质和确定它的化学组成。

元素的光谱是"明线光谱"。如果连续光谱中的一些谱线被物质吸收，就会形成"吸收光谱"。根据明线光谱和吸收光谱，都可以进行光谱分析。基尔霍夫注意到太阳光谱中的那些暗线的位置，正好是一些

元素明线光谱的位置，这就说明太阳光谱经过了这些元素之后被吸收掉一些，成为吸收光谱。他用这种方法发现了太阳中的 6 种元素，并定量测定太阳中氢约占 78%。例如，钠的明线光谱 D 线正好位于太阳光谱中的 D 暗线处，这就说明太阳光经过钠蒸气被吸收掉 D 线，而钠蒸气存在于太阳表面的"大气层"内。

至此，"天体永不可知"论寿终正寝，享年 34 岁——从孔德的 1825 年，到基尔霍夫与本生的 1859 年。

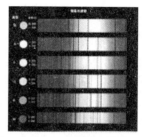

恒星光谱

并不是每个人都能认识到威力无比的光谱分析法的重大意义的。基尔霍夫的财产经管人——一位银行家就是其中之一。他问基尔霍夫："如果不把太阳中发现的金子拿到地球上来，发现它又有什么用呢？"基尔霍夫当时没有作答。后来，基尔霍夫因发明光谱分析法被英国授予金质奖章和奖金。他把它们交给这位管家时说："这就是我从太阳中'取回'的'金子'！"

是的，基尔霍夫从太阳中"取出"了"金子"，但不仅是从太阳中"取出""金子"，从其他恒星、从任何发光的物体中都取出了"金子"——他的光谱分析法就是"金子"，这种方法有其他分析法不可替代的优点。

第一个优点是能分析人所"拿"不到的物质——恒星天体上的物质的化学组成。

第二个优点是非常灵敏。现在，某种元素的含量只要有 10^{-10} 克，就可以把它检测出来。当年本生也曾说："三百万分之一毫克的钠已足够获得一个清晰的光谱。"

第三个优点是非常迅速。只要将未知谱线与早已编好的各元素的光谱图进行比较，马上就可以发现未知的元素是哪一种。

光谱分析法的发明，用到了间接分析法、比较法和合作方法。

上帝是个左撇子
——"宇称不守恒"的发现

"世界真奇妙"——镜子里的像和物体"一模一样",左手右手几乎完全对称,螺旋分为左右两种……当然,对称不仅是在浅层次的形体上,而且更在深层次的"性质一致"或"规律不变"上。能量守恒、动量守恒等定律,就是其中我们熟悉的例子。

物理学也是一样。在 20 世纪 50 年代之前,物理学家都认为,物理定律在最深的层次上是不分"左边"和"右边"的,时间和空间都是对称的,这就是宇称守恒定律的通俗解释。

在 20 世纪 20 年代,拉波蒂提出宇称守恒定律之后,1927 年就被美籍匈牙利物理学家威格纳(1902—1995)证明。科学家们用宇称守恒定律解决了不少问题,它已被学术界普遍认可。

1947 年,两位英国物理学家罗彻斯特(1908—2001)和巴特勒(1922—1999)发现了 K 介子。到了 1953 年,科学家们又发现,一种 θ 粒子衰变后产生出两个 π 介子,成偶宇称态,另一种 τ 粒子衰变后产生出三个 π 介子,成奇宇称态;而 θ 粒子和 τ 粒子的质量、很短的生命周期却分别完全相同。也就是说,物理学家发现 K 介子有两种截然不同的宇称。这一发现触犯了宇称守恒定律。

那么,θ 粒子和 τ 粒子究竟是一种粒子呢,还是两种不同的粒子呢?物理学家们对它们的认识产生了分歧,众说纷纭,谁也说服不了谁。这就是著名的"θ-τ 之谜"。后来,人们又把 θ 粒子和 τ 粒子统称为 K 介子,因此也称为"K 介子衰变之谜"。宇称守恒定律处在"风雨飘摇"之中。

最终揭开这个谜底的是杨振宁（1922— ）和李政道（1926—2024），他俩也因此在 1957 年共享诺贝尔物理学奖，成为最早荣获诺贝尔奖的美籍华人。

"黄金搭档"：李政道（左）、杨振宁

要否定或修正宇称守恒定律，以解释这个谜，不但需要胆量，还需要依据。于是杨、李二人在 1956 年春，全面大量检索了当时的有关实验资料，发现电磁作用和强相互作用中宇称确实守恒，但是在弱相互作用中，并没有可靠的实验证明宇称也守恒。他们还分析了可以在哪些实验中检验宇称守恒定律。

1956 年 4 月，杨、李二人提出宇称守恒定律在弱相互作用下可能不成立的观点。于是美国《物理评论》在当年 6 月 22 日，就接到一篇表明"在弱作用下宇称可能不守恒"的观点的论文，题目是《弱作用中的宇称守恒问题》，并于同年 10 月发表。他俩的观点得到了 1963 年诺贝尔物理学奖的三位得主之一——匈牙利物理学家威格纳（1902—1995）和其他理论物理学家的支持。

多数物理学家却不同意杨、李二人的革命性观点，因为他们太钟爱宇称守恒这个"金科玉律"了。例如，其中最典型的例子是，奥地利大物理学家泡利（1900—1958）就在一封信中说："我不相信上帝是一个无能的左撇子，我愿意出大价钱和人打赌，实验的电子角分布将是左右对称的！"

此前弱作用中并没有宇称守恒的可靠实验证明，只能说明弱作用中宇称是否守恒还没有结论。理论是否正确，必须要"用事实说话"。

在这种情况下，当杨、李二人的论文发表后，立即有三组物理学家"用事实说话"——各自独立进行了实验验证。

其中一组由李政道邀请的美籍华人、哥伦比亚大学的女物理学家吴健雄（1912—1997）领导，有华盛顿特区国家标准局的一些物理学家参加。1956 年 12 月 27 日，吴健雄等在强磁场和低温条件下观测到，钴 60 在 β 衰变时发射出的电子在空间中的分布不对称，这就证实了杨、李的理论。当然，他们"疯狂的实验"早在当年 6 月就开始了。

另外两组则分别是芝加哥大学的弗里德曼（A. M. Friedman）等领导的小组，用的是乳胶照相法和哥伦比亚大学的理查德·劳伦斯·伽尔文 等领导的小组，用的是电子学方法。

1957 年初，哥伦比亚大学公布了这一石破天惊的理论……

在电话发明家贝尔的塑像下写着："有时只要离开常走的大道，潜入森林，你就肯定会发现前所未有的东西。"这是创新思维的最好注脚。杨、李二人的思维就是创新的。

从方法上看，杨、李二人用的是资料检索的方法——通过此前弱作用中并没有宇称守恒的可靠实验证明，作为提出新理论的依据。

资料检索法是"借得山东烟水寨，来买凤城春色"的捷径。它不但用于科学发现中，也用于技术发明中，是一种普遍使用的科学方法。以下几个事例充分说明了这一点。

两位大发明家英国的斯旺（1828—1914）和美国的爱迪生（1847—1931）发明白炽灯，都是通过资料检索开始的。1845 年，16 岁的斯旺偶然看到一份斯塔尔制造电灯的英国专利，萌生了改进电灯的想法。经过 15 年努力，1860 年斯旺有关发明的第一只炭化丝白炽电灯的论文在《科学美国人》上发表。后来，爱迪生看到论文以后，又进行了改进，最终于 1879 年 10 月 21 日制成了一个能连续点亮45 小时的白炽灯。

1785 年秋，法国化学家贝托雷（1748—1822）正在为织物漂白发愁而无计可施的时候，他偶然在图书馆里看到了出生在德国的瑞典化学家舍勒（1742—1786）在 1774 年制造氯气的记录，说氯气能把彩色艳丽的花瓣变成白色。于是贝托雷就把氯气用于织物漂白，使积压的坯布先漂白再染色后成了畅销品，还满足了商家对织物的需要。

没有详尽的资料检索，会多走弯路。在耗费几年时间和大量人财物力之后，20 世纪 80 年代，上海一家保温瓶厂"发明"了以镁代银的保温瓶镀膜工艺，还准备请奖。后来，有人查找了专利文献，才发现 1929 年英国一家公司已经取得了这样的专利……

从思维的角度看，杨、李二人冲破了传统观念，而这正是他们做出这一重大发现的关键所在。对观念的突破，电子的发现者、英国物理学家约瑟夫·约翰·汤姆孙（1856—1940）有精彩的论述："在能够对科学做出贡献的所有因素中，观念的突破是最伟大的。"这类例子非常之多：爱因斯坦冲破牛顿力学的束缚，创立了相对论；莱特兄弟不受"比空气重的物体不能升空"的约束，发明了飞机……

从单干或合作的角度看，杨、李、吴三人则是用了合作的方法。

此曲何必天上有
——"八仙过海"测光速

测量一个"物体"的运动速度，曾困扰了人类 300 多年，你相信吗？

在历史上，人们曾认为光在宇宙中传播并不需要时间。最著名的例子是法国物理学家笛卡儿的"压力传光论"：太阳的巨大推力把光传到地球，不要时间就完成了——光的速度是无限的；其他的光的传播类似。

笛卡儿的这种说法没有任何依据，所以意大利物理学家伽利略不相信。他认为光速是有限的，并决心测出光速。1638 年，他用闪光灯从一个山头向另一个山头上的助手发出光信号，助手接收到光信号后，也立即发出光信号，伽利略则记下看到助手发出的光信号的时间。这两座山头之间的距离是 1 英里，用距离除以时间，就可以得到光速。

伽利略测光速的原理似乎是对的，但结果却让他大失所望。因为光跑得实在太快了，在瞬息之间就从一个山头"飞"到另一个山头。人的反应误差、测时间的钟表的粗糙，显然无法精确地测出这微乎其微——十几万分之一秒的时间。

伽利略的失败并非没有价值。他提出了很有创造性的问题：光有没有速度？如果有，又是多少？用什么方法测量？提出问题是解决问题的起点，伽利略写下了测光速这本"书"的"地面测量法"（测光速的第一大类方法）的第一页。

那怎么测定如此之快的光速呢？思路之一是从伽利略的"地面"

转移到"天上"。

木星有许多颗卫星，其中最大的是木卫一、二、三、四这4颗。木卫绕木星旋转，转到木星背后时，就发生木星卫星食。出生在丹麦奥尔胡斯的天文学家罗默（1644—1710），在约1643年移居巴黎，于1672—1676年，和法国天文学家让·费利克斯·皮卡德（1620—1682）巧妙地利用多次木星卫星食来测算光速，直到1676年11月9日发生的那次木星卫星食。

罗默

当木星与地球的距离最近和最远时，木卫被木星遮食的时刻会提前或推迟。这是什么原因呢？罗默认为，木星在离地球最远和最近时，光传播到地球所花的时间是不一样的。木星在靠近地球时，光传到地球的时间少，观测到木卫遮食

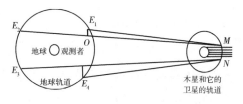

罗默测光速示意：当地球从 E_1 转到 E_2 时，第一个木卫食的时间比从它的平均运转周期中计算所得的时间迟几分钟。罗默把这误差解释为由于光行走 OE_2 多费了时间。当地球从 E_3 运转到 E_4 时，木卫食的发生时刻要比预计的早。

的时刻就会提前。木星两次遮食时离地球距离之差除以发生遮食的时间差，就是光的速度。利用"天文学方法"（测光速的第二大类方法）中的第一种方法——"罗默卫星食法"，罗默计算出光速为 22.5×10^4 千米/秒（本故事以下略去数量级 "10^4" 及单位 "千米/秒"，另说 21.24 或 21.43）。根据罗默的观测数据和地球轨道直径，荷兰物理学家惠更斯计算出的值是20。

这是历史上第一次用科学方法计算出光速——虽然由于当时并不知道地球轨道直径的准确值而误差很大（罗默过长地估计了光跨越地球轨道的时间），但是意义重大：这既证明了光是以有限速度传播的，而且方法也是正确的——在地球轨道直径测量准确度提高之后，人们用照相法测量木星卫星食的时间，用罗默法求得的光速就是很接近现

代值的 29.984 ±0.006。

不过，巴黎科学院和罗默的上司——巴黎天文台台长、从意大利移居法国的天文学家乔万尼·多美尼科·卡西尼（1625—1712），却没有认可罗默的测算。

"法兰西开花英格兰香"——罗默的测量不但得到英国天文学家哈雷（1656—1742）等人的支持，而且还被另一位英国天文学家布拉德莱（1693—1762）证实。1728—1729 年，布拉德莱以"光行差"的数据计算出太阳光到达地球的时间，得到了更为精确的光速 30.1（另说 28.32 或

菲索

29.993）。这样，"光的传播速度有限"的观点终于被众人接受。此前的 1725 年，布拉德莱用一台长 212 英尺（1 英尺约合 0.304 8 米）的天文望远镜观察天体发现，通过格林尼治天文台天顶的天龙座的 γ 星，每年约有 20 弧秒的微小周期性位移，且该位移的方向并不是预想的那样与地球轨道的径向平行，而是垂直，正好相差 90°。他把这个 20 弧秒的位移称为"光行差"。

"布拉德莱的光行差法"是"天文学方法"中的第二种方法。

难道只能在天上测光速吗？

1849 年，法国物理学家阿尔芒·伊波利特·路易斯·菲索（1819—1896）用"旋转齿轮法"（"地面测量法"中的第一种），巧妙地测算出了光速。

在菲索实验的示意图中，光从光源 S 发出，到达玻璃片 K，经 K 反射后通过齿轮 A 的

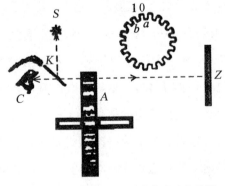

菲索的光速测量——旋转齿轮法正立面图

齿间空隙。这光线经过较长距离 AZ 后，再从反射镜 Z 反射回 A。如果 A 不动，那么 C 处的观察者可以透过 K 看到从 S 发出后经 Z 反射回来

的光。现在 A 开始转动，并且越转越快，那么在 A 达到某一转速时，观察者会看不见光。这是由于在这个转速下，光从 A 到 Z，再从 Z 回到 A 所用的时间里，A 上不透光的轮齿恰好转到原来的齿间空隙的位置，把回来的光线挡住了。例如，通过空隙 0 的光，回来时被轮齿 a 挡住；通过空隙 1 的光，回来时被轮齿 b 挡住，等等。这样，知道 A 的转动速度、齿数等参数及 AZ 间距离，就可以算出光速了。

菲索实验时的数据是，AZ 为 0.863 3 千米，A 有 720 个齿，当转速达到 12.61 转/秒时，就看不见反射回来的光。根据转速、齿数等参数算出的时间是 1/18 244 秒，可算出此

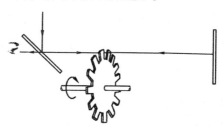

菲索的光速测量——旋转齿轮法透视图

时的光速为：0.863 3 × 2 ÷（1/18 244）= 31.5。另有两说是得到 31.33 或 31.2。

菲索的方法被法国物理学家科尔纽（1841—1902）、英国物理学家詹姆斯·杨（James Young）和英国电气工程师、天文学家、探险家、作家和发明家乔治·福布斯（1849—1936）分别改进为"旋转镜法"后加以应用。科尔纽分别在 1874、1878 年得到 29.85、30.04 的结果；詹姆斯·杨和福布斯在 1880—1881 年得到 30.138 2 的结果。这些光速值，都是当时比较准确的结果。科尔纽的"改进旋转齿轮法"，是"地面测量法"中的第二种。

菲索神奇地完成了首次"在地上"测量光速的伟业，被不少科学家津津乐道。他也成为镌刻在埃菲尔铁塔上的"七十二贤"之一，并且是该铁塔在 1889 年（正值巴黎世界博览会召开）正式开放时唯一还活着的"七十二贤"。月球上的一座火山口也以他的名字命名。

菲索巧妙地把多种科学方法综合在一起，显示出高超的智慧和技能：用高速旋转的齿轮代替钟表充当"计时器"，用了替代测量法；用高速旋转的齿轮完成了时间的"放大"，用了"时间放大法"；把时间

转化为齿轮的某一转速，用了转化法和间接测量法。

斯特恩

"时间放大法"也是一种得到广泛应用的科学方法。

20世纪20年代，出生在德国（出生地索劳——Sohrau，即今天波兰的佐里——ory）的美国物理学家奥托·斯特恩（1888—1869）和他的助手杰莱克，在研究原子束——要得到相等速度的原子束——的时候，就采用了菲索测量光速的方法，只不过把"光"换成了"原子"，把一个齿轮换成了两个同轴转动的齿轮而已。斯特恩的一个"世界纪录"是，在迄今所有获得诺贝尔奖的人中，他是被提名次数最多的。他在历经诺贝尔奖项的82次提名后，终于

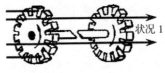
状况1
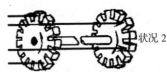
状况2
斯特恩分离出同速度的原子的装置：原子通过（状况1），原子被遮挡（状况2）

独享1943年的诺贝尔物理学奖。如果包括被提名但最终没有获得诺贝尔奖的人，他的"世界纪录"只能"屈居第二"——德国理论物理学家阿诺德·约翰内斯·威廉·索末菲（1868—1951）被84次提名，但始终与诺贝尔奖无缘！

我们现在使用的"慢镜头"就是一种"时间放大"——它是用高速摄影机拍摄的。

菲索的方法，是测光速中"地面测量法"里的"旋转齿轮法"。其后，"地面测量法"还衍生出多种，例如下面要说的"旋转镜法"。

1862年，菲索的初期合作伙伴、"傅科摆"（能直接验证地球自转的一种装置）的发明者——

傅科

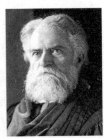
纽康

法国物理学家傅科（1819—1868），用他改进过的"旋转镜法"（"地面测量法"中的第三种）测得光速为29.8±0.5。出生在加拿大的美国天文学家、应用数学家西蒙·纽康（1835—1909），则用傅科的方法于1882年得到更为精确的结果——29.986或29.981。

出生在德国波兹南省（Province of Posen）斯特雷诺（Strzelno，今属波兰）小镇的美国物理学家迈克尔孙（1852—1931）是一个"光速迷"。早在1869年迈克尔孙（17岁）还在海军军官学校学习（1873年毕业）的时候，就开始计划用傅科的"旋转镜法"测光速。其后，他用了50多年，几乎倾其一生，坚持不断。

迈克尔孙

1878年，他在岳父的资助下，以及老师与合作者纽康的帮助下，用"旋转镜法"得到被国际上沿用了40年的值29.986 0±0.003 0。从1920年开始，他在距离威尔森山（Mount Wilson）22英里的圣安东尼奥山（Mount San Antonio）上，用自己发明的"旋转八面镜法"（"地面测量法"中的第四种方法）测光速。1926年，他发表了经过校正后的真空中的光速为29.979 6±0.000 4。他也因为"在光学精密测量和光谱学上的研究"等，独享1907年诺贝尔物理学奖，成为美国历史上第一个获此殊荣的科学家。

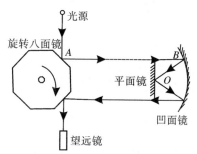

迈克尔孙的"旋转八面镜法"示意

"旋转八面镜法"简介如下。光源发出的光线，经过图示的旋转八面镜、凹面镜、平面镜、凹面镜、旋转八面镜反射之后，到达望远镜供观测者观测。其中$AB=L$（几十千米）远大于BO和光源到八面镜的距离（或八面镜到望远镜的距离）。让八面镜转动并缓慢加快，直到匀速转动为止——设转动频率为f（赫兹）$=1/T$（T为周期）时，恰好观测者第一次看见光源。再设八面镜转动1/4圈即$\pi/4$弧度时，用了t

（秒），就有 $t = (\pi/4) T / (2\pi) = 1/(8f)$。于是，光速 $c = 2L/t = 2L/[1/(8f)] = 16Lf$。$L$ 和 f 都是能测量出来的，这就得到了 c。

到了 20 世纪，还出现了"实验室法"（测光速的第三大类方法）——包括微波谐振腔法、激光测速法、平差法等许多种。以下表格记载了测光速的部分成果。

序号	年份/年	主要测量者	测量方法	测量结果/（千米/秒）
1	1638	伽利略	"灯笼法"	不确定
2	1675—1676	罗默、惠更斯（计算）	卫星食法	220 000
3	1729	布拉德莱	光行差法	301 000
4	1849	菲索	旋转齿轮法	315 000
5	1862	傅科	改进的旋转齿轮法——旋转镜法	298 000 ± 500
6	1874，1878	科尔纽	改进的旋转齿轮法——旋转镜法	298 500，300 400
7	1880—1881	詹姆斯·杨和福布斯	改进的旋转齿轮法——旋转镜法	301 382
8	1907	罗萨（E. B. Rosa）和多西（N. E. Dorsey）	电磁常量法	299 788 ± 30 或 299 784 ± 15
9	1926	迈克尔孙	旋转八面镜法	299 796 ± 4
10	1928	卡罗鲁斯（Karolus）等	克尔效应法	299 786 ± 15
11	1935	美国弗朗西斯·皮斯（1881—1938）和美国皮尔森（F. Pearson）	旋转八面镜法	299 794 ± 11
12	1937，1941	美国安德森（1909— ）	克尔效应法	299 794 ± 14

续表

序号	年份/年	主要测量者	测量方法	测量结果/(千米/秒)
13	1946—1950	英国路易斯·埃森（1908—1997）等	谐振腔法	299 792.5 ± 1.0 或 299 792 ±4 或 299 792 ±3
14	1949	阿斯拉克森（Aslakson）	雷达法	299 792.4 ±2.4
15	1952	瑞典伯格斯特兰（B. Blrgstrand）	用克尔效应制成的光电测距仪法	299 793.1 ±3.2
16	1952,1958	英国福鲁姆（K. D. Froome）	自由空间微波干涉仪法	299 792.6 ±1.4, 299 792.5 ±0.1
17	1962	美国麦克尼希（A. C. Mcnish, 1903—?）	（综合他人工作）	299 792.60 ±0.25
18	1964	兰克（Rank）等	带光谱法	299 792.8 ±0.4
19	1972	美国艾文森（1932— ）等4人	稳频甲烷激光器法	299 792.67 ± 0.20 或 299 792.456 2 ±0.001 1 或 299 792.458±0.001 2
20	1972	匈牙利－美国佐尔坦·拉约什·贝伊（1900—1992）等3人	稳频氦－氖激光器法	299 792.462 ± 0.018 或 299 792.467 1 ±0.000 8
21	1974,1978	英国布拉涅（T. G. Blaney）等8人	稳频二氧化碳激光器法	1974: 299 792.459 0 ± 0.000 8（或 ±0.000 6）1978: 299 792.458 8 ± 0.000 8
22	1976	伍兹（Woods）等		299 792.458 ±0.008
23	1980	贝尔德（Baird）等	稳频氦－氖激光器法	299 792.458 1 ±0.001 9

1872年，"国际米制会议"决定以通过巴黎的子午线的四千万分之一为1米。1875年5月20日，17个国家的代表在巴黎开会，正式签署上述1米定义的"米制公约"。1米定义几经变迁之后，在1983年10月17—21日召开的第17届国际计量大会（General Conference of Weights & Measures 或 General Conference on Weights and Measures，简称CGPM）上，把它修改为"1米新定义"："甲烷稳频激光的平面波，在

真空中 1/299 792 458 秒的时间间隔内行程的长度";规定真空中的光速为 299 792 458 米/秒。从此,两者尘埃落定,300 多年精密测量光速的历史结束。

那么,这"1 米新定义"和真空中的光速 299 792 458 米/秒,又从何而来呢?

出生在匈牙利的美国物理学家佐尔坦·拉约什·贝伊(1900—1992)教授,于 1955 年成为美国国家标准局(NBS)核物理部门的负责人,从

贝伊和他位于匈牙利久洛瓦里(Gyulavári)的墓碑

事光速测量等工作。根据他对各国科学家所测光速值的研究,推荐了"1 米新定义",并被 1973 年 6 月的第 5 届国际米定义咨询委员会(CCDM)、1973 年 8 月的第 15 届国际天文学联合会(IAU)、1975 年的第 15 届 CGPM 认可和推荐,最终形成上述第 17 届 CGPM 的规定。

一个光速的测量,如果从伽利略算起,绵亘 380 多年,这充分看出科学发展的确走过了"水千条山万座"。

碎纸片与冲击波
——费米粗估核弹威力

这是一个妇孺皆知的古老印度传说。

印度国王舍罕（Shirham）酷爱下国际象棋。一天，他把发明国际象棋的大师——他的宰相西萨·班·达伊尔（Sissa Ben Dahir）找来，打算重赏这位大师。

"对于你的奇妙发明，我将慷慨赏赐。"国王对达伊尔说道，"说吧，你需要什么？"

"陛下，我只要求，"达伊尔指着由 64 个小方格组成的棋盘说，"第 1 个方格赏给我 1 粒麦子，第 2 个方格赏 2 粒，第 3 个赏 4 粒，依此类推——每后一格的麦粒数都比前一格增加 1 倍，直到把这 64 个方格摆满。"

"这好办！"国王马上叫仆人搬来一袋麦子，开始按照达伊尔的规定数放麦粒。谁知，需要量越来越大，仓库里的麦子一袋接一袋地被搬来，也还是满足不了达伊尔的要求……

究竟需要多少麦子呢？这得计算一个简单的等比级数：$1 + 2 + 2^2 + 2^3 + \cdots + 2^{63} \approx 1.84 \times 10^{19}$ 粒。如果每升麦子有 10 万粒的话，将需要 184 万亿升——几乎是全世界 2 000 年小麦产量的总和！

这位国王心中无"数"，凭想当然办事，结果闹了一场大笑话。原因是他没有掌握一种科学方法——粗估法，即模糊估量法。

可是，出生在意大利的美国物理学家费米（1901—1954）就不同了。

1945 年 7 月 16 日 5 点 29 分 45 秒，随着报告员"到"的口令，第一颗原子弹"瘦子",在 15 秒以后在美国新墨西哥州离阿拉莫戈多 96 千米的特里尼蒂荒漠爆炸成功。

"威力无穷"的"瘦子"

作为它的研制者之一,费米当然对"瘦子"有"特别的爱"。在此之前,他就专门查阅了美国军事工程手册关于爆炸力与爆炸产生的风力的关系表,并准备了几张纸片,以便在原子弹爆炸时能立即亲自测出它的爆炸力,最早得到实验结果。

在费米和他的同事、学生们驻扎的距爆炸点十多千米以外的掩体里,耀眼的闪光使大家惊喜若狂。当 40 秒钟之后冲击波传到的时候,费米依然像往常做实验一样,镇定自若,信心十足。只见他把手中的碎纸片向空中撒去。冲击波把一些碎纸片吹出好远,费米跟踪着纸片,好像忘掉了其他的一切……

威力计算

当费米量过碎纸片被吹过的地面距离之后,很快就说出了这次爆炸的威力。他的估算结果是爆炸当量 1.5 万~2 万吨 TNT,这和后来依据仪表上记录下来的数值所做出的计算结果——2 万吨 TNT 非常接近。

费米是怎样具体估算的呢?原来,他事前已经练习和测定了自己跑一步的距离和时间;这样,他由随纸片奔跑时记下的步数,就得出纸片飞行的距离和所用时间,也就估算出了速度,进而由事前研究得到的速度和爆炸当量的关系,估算出爆炸当量。

费米"一把纸屑测当量"的故事,使我们看到粗估法是一种实用的、威力强大的科学方法。

粗估法在许多领域都有应用。

1939 年秋,中国学生卢嘉锡(1915—2001)在留英时的导师萨格登教授的推荐下，赴加州理工学院，在美国著名化学家、结构生物学的先驱者之一的鲍林（1901—1994）身边学习。鲍林就有很强的粗估能力，他能根据物质的化学式大体上估计出它的分子模型和结构，让卢嘉锡钦佩不已。34年后的1973年，"长大后我就成了你"的物理化学家、教育家卢嘉锡就提出了固氮酶活性中心的"原子簇模型"即"福州模型"，他也被称为"毛估大师"。他常常告诉他的学生和其他科研人员："毛估比不估好！"

从奥斯特到法拉第
——逆向思维得出"磁生电"

"啊！怪了，怎么磁针动了？"

1820 年 4 月 21 日夜，丹麦物理学家奥斯特（1777—1851）在哥本哈根给一些颇有教养的人讲"伽伐尼电"。当他做完电学演示实验之后，无意识地扳动电源开关时，偶然发现一枚放在细长铂丝导线附近的小磁针

奥斯特　　　　法拉第

轻微地晃动了一下，然后停在了与导线垂直的方向上。他当时既惊又喜：这正是他多年企盼的电流能产生磁场的效应，简称"电生磁"，后来，人们称其为"电磁学第一定律"。

奥斯特发现电生磁现象以后，许多物理学家都在想：既然电能生磁，那么磁又能不能生电呢？英国著名物理学家、化学家法拉第（1791—1867）就是其中之一。

经过 10 年努力，法拉第终于在 1831 年 8 月 29 日发现了"磁生电"——"电磁感应"现象。

为什么法拉第会想到"磁生电"，从而坚持了 10 年的实验研究呢？原来，他用的是科学中的逆向思考（维）法。从推理的角度讲，是一种对称推理。

受 19 世纪一种科学思潮的影响，当时的许多科学家都信奉德国大哲学家康德的哲学，认为自然界各种力均可转化可统一。奥斯特就认

为："我们的物理学将不再是运动、热、空气、光、电、磁和我们所知的任何现象的零散汇总。我们将整个宇宙容纳在一个体系中。"笃信电和磁之间的联系，是法拉第进行逆向思考（维）的基础。

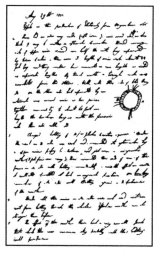

1831 年 8 月 29 日法拉第发现"电磁感应"的日记的手稿

所谓逆向思维法，是一种从事物相反方向引出问题、开展思维的方法。

人们从湖或塘中看到的倒影，就是湖塘边地面景物真实形象的颠倒，这就是我们常见的逆向现象。数学上"＋"和"－"互为逆向。化学中，由反应物变成生成物的反应和由生成物变成反应物的反应互为逆向。物理学上物体的热膨胀和冷收缩、电生磁和磁生电现象也互为逆向；日常生活中人们天天穿、脱衣服也是互为逆向……

石狮要到上游觅

思维也可以逆向。有些问题在左思右想找不到解决办法时，不妨从反面去思考，这就是我们所说的逆向思考。

逆向思考有时能收到奇效。"上游觅石狮"的故事就是例证。

古代河北沧州南面的河边上有一座庙宇，因为年久失修，庙门倒塌了，门口的两尊石狮被河水冲走。10 年以后，和尚们募捐到一笔钱，打算找回石狮，重修山门。他们雇了几条小船，带上打捞工具，从倒塌处一直沿下游找寻，寻了十余里，却一无所获。后来又雇人在沉落处挖掘，可是，挖了很久，仍然没有石狮踪影。

正在和尚们愁眉不展的时候，有位老河工路过此处，看到了这种情况，问明石狮失掉的经过，就说："到上游去打捞吧。"

"上游！难道石狮会游泳，逆流而上不成？"和尚们十分惊讶，但此时已别无选择，只好雇人沿上游方向，半信半疑地试着去找。果然，在上游几里外的地方找到了那两尊石狮。

大家深深地佩服老河工的智慧。对于寻找河中石狮，老河工与和尚思考的角度不同，他们进行了互为逆向的思考。和尚认为，凡物体落入河中，都要被冲到下游去，因此，石狮应在河的下游处；而具有实践经验的老河工则认为，石狮重，并且体积又很大，沉入河底后，在河水的冲击下，石狮下面迎着上游水来的地方的泥沙会被冲开，这就逐渐形成一个凹坑，到一定程度，石狮便会倒进坑里。如此往复，经河水多年的冲击，石狮不仅没有冲到下游，反而朝上游滚去。

下面要提到的另一个运用逆向思考解决问题的故事则是日本的"巨石载船"故事。

日本天正十三年即 1585 年之后，"战国三英杰"之一的政治家丰臣秀吉（1536—1598）逐步平定了战乱，并在天正十六年即 1588 年颁布了一系列"法规"。之后，为了把大阪城修得固若金汤，需要从日本西部的一个海岛上运来每块有 50 张席子那么大的石头。搬运很不方便，特别是装船，总要把船压沉。就在大家无计可施的时候，一个人说："看来用'船载石'是不行了，那就用'石载船'吧！"大家按照他的办法，把巨石捆在船底，使石头完全淹没在水中，而船却有一部分露在水面之上，这样果然顺利地把石头运到了大阪。

为什么这样能使船不沉没且能正常航行呢？我们知道，石头淹在水中受到了浮力，而装在船上就没有受到浮力……

1991 年在日本千叶举行的第 41 届世界乒乓球锦标赛上，因为中国主力邓亚萍（1973— ）在使尽浑身解数后仍输给了朝鲜与韩国组成的"南北朝鲜联队"中的朝鲜选手俞顺福（1970— ），中国蝉联九届女子团体冠军的计划破灭。接下来，两人在单打中又狭路相逢，第一局邓亚萍又输了。此时，她也来了一个逆向思考：既然自己擅长的"凶狠"和熟练的正手发球不能见效，就用短处——"温柔"且不太熟练的反手发球吧！结果这一招收到了奇效。邓亚萍在打败俞顺福之后一路过关斩将，最终击败朝鲜选手李粉姬（1968— ），荣登她的第一个单打世界冠军宝座。

"司马光砸缸救人"的故事，也是逆向思考的结果。

逆向思维法可大致分为原理逆向、方位逆向和参数逆向三种。

原理逆向是尝试将某种技术原理进行反向思维，以寻找新的原理和方法。在新原理的指导下，往往会产生无数的新发明。

由奥斯特的"电生磁"，到法拉第的"磁生电"；爱迪生从电话话筒薄膜的振动由声音引起，经过"倒转"发明"留声机"；戴维由化学电池产生电流，到建立电解的一些理论和进行成功的实践。这三个例子都是原理逆向思维得出的成果。

一些日本人从1923年9月1日关东大地震中得出的结论是，建筑物不能太高，所以日本原来的建筑法规定，一般建筑物不能高于31米。另一些日本人却从"疾风知劲草"和大风后"坚固"的大树容易折断的事实中得到启示，如果采取适当的"刚柔相济"的措施，柔性的高层建筑有可能比较低的刚性建筑更不怕地震。通过40年的研究，在1963年，日本建筑法有了重大修改，于是高层建筑犹如雨后春笋般出现。这也是原理逆向思维的结果。

原理逆向的创造难度较大，但容易获得开拓性发明。为了验证原理逆向后产生的新原理的正确性，进行相应的科学实验必不可少，这也是运用原理逆向从事创造发明的关键。

方位逆向是指将事物的结构顺序、运动方向、排列位置等进行逆向思考，设想新的用途或寻求解决问题的新办法。例如把电风扇的安装方向反过来就成了排风扇。

在日本的本州岛库罗萨基市，有一幢世界奇屋——倒悬之屋。它的发明者，是一家汽车旅馆的老板大石。原先，在该市有一座日本最大的人种学博物馆，驰名世界。大石在博物馆附近盖了一座汽车旅馆。但由于本州岛位置不佳，地震时有发生，前来观光旅游的人不是很多，大石的生意很难做，面临破产。

无可奈何之下，大石去请一位心理学家出主意。心理学家受比萨斜塔的启示，提议最好盖一座岌岌可危的倒悬房屋，这样既能够提醒人们时刻预防地震，又能满足旅游者寻求刺激的心理。

大石采纳了心理学家的建议，设计出倒悬之屋，结果前去一睹为快的观光旅客络绎不绝，生意日趋兴隆。这也是方位逆向思维的一个成功实例。

参数逆向是对现有事物（例如产品）进行结构参数或性能参数方面的逆向思维，例如大小变化、长短变化、厚薄变化等，这些都是参数逆向思维。

参数逆向思维的结果可能导致现有事物（例如产品）性能、用途的重大变革，是商品变革中常用的方法之一。例如，钟楼上要特大钟，桌子上要小闹钟，戴在手腕上要小手表，项链表和戒指表更小。电视机在不同场合也有大有小，等等。

法拉第变"场"为"线"
——出奇制胜图示法

牛顿对世人说，物质之间的相互作用是"超距作用"——物质之间没有传递相互作用的媒介物，相互作用也不需要时间。牛顿还说，空间除了粒子，什么也没有，没有粒子的地方是一无所有的真空。由于牛顿力学的权威地位，这些说法曾经非常流行。

"真是这样吗?"英国物理学家法拉第对牛顿的说法提出了怀疑。直觉告诉他，空间不可能真的像牛顿所说的那样，除了以"超距作用"相互作用着的粒子，什么东西也没有。他相信"物质到处存在，没有不被物质占有的真空"。

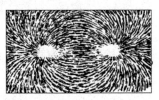

磁铁周围的"铁屑小磁针"形成的曲线

要破旧立新，就必须要有"新式武器"。法拉第找了十多年，终于在1931年发现电磁感应现象之后找到了这个"新式武器"。

法拉第在一块磁铁周围撒了一把铁屑，铁屑就会描画出一条条曲线，那是因为铁屑在磁铁周围被磁化，变成了无数个小磁针。

小磁针所指示的方向就是磁铁对磁针的作用力的方向。因为各点方向不同，所以形成曲线。法拉第把这些曲线叫作磁力线即磁感线或磁场线。

力线——还包括电力线即电感线或电场线，就是法拉第的"新式武器"。他用它解释电磁感应现象，但在当时并不被人理解。

法拉第为什么会找到这个"新式武器"呢?

原来，作为在物理思想上有独立气质、敢于"离经叛道"的法拉第，不是去随附当时流行的"超距作用"观点，而是提出"近距作用"来研究电磁力；而"近距作用"是需要时间和媒介物的。

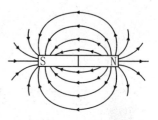

磁力线示例，形象地描绘出条形磁铁周围的磁场

那媒介物在哪里呢？法拉第认为，电荷周围和磁体周围存在"场"这种特殊形态的物质，它就是"近距作用"的媒介物。这样我们就有了两种物质：实物和"场"。

"场"是否存在，是需要证明的。于是法拉第如前所述"在一块磁铁周围撒了一把铁屑"……

磁铁周围的力线——磁感线就是"磁场"这种物质存在的确凿证据。

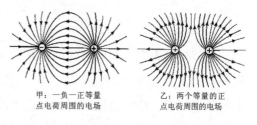

甲：一负一正等量点电荷周围的电场

乙：两个等量的正点电荷周围的电场

电力线示例，形象地描绘出点电荷周围的电场

"场"是"力线"存在的前提和基础；"力线"是"场"存在的标志和证据。

"场"和"力线"概念的创立，是一场几乎遭到所有物理学家反对的科学革命：原来只有"实物"这一种物质，现在又多了"场"。"场"概念的创立，不但为后来才理解它的英国物理学家麦克斯韦（1831—1879）的电磁理论开了路、搭了桥，而且成为近现代物理学的重要思想——引力场、重力场、规范场、微观粒子场……的起点，"场"已成为基本物理用语。

几十年后，电子的发现者约瑟夫·约翰·汤姆孙对此评价说："在法拉第的许多伟大贡献中，最伟大的一个就是'力线'概念了……"

"场"和"力线"之所以取得成功，那是因为法拉第采用了一种重要的科学方法——图示法。

过去，亚里士多德学派的哲学家在讨论磁铁磁性时，就使用过"力线"这个名称，但并不把它当成真实存在的东西，也没有给它下一个确切的定义和用图表示出来；法拉第则把这些问题都解决了。

原子"黑箱"初揭秘
——抓住 1/8 000 的"少数"

哼！1/8 000？太"小不点"了吧，提它干什么？

可就是这"不起眼"的 1/8 000，却揭开了神秘的原子结构的"黑箱"……

自从 1897 年英国物理学家约瑟夫·约翰·汤姆孙发现电子以后，人们对原子的结构进行了不断研究。汤姆孙在 1903 年提出了实心带电球模型，认为原子是一个球体，正电荷均匀分布在球内，而电子就像枣子那样镶嵌在原子内。这种模型被称为原子的"西瓜模型"或"面包夹葡萄干模型"，还被称为"布丁模型"。此外，各国的不少物理学家都提出了各自不同的原子结构模型，如荷兰的洛伦兹（1853—1928）在 1902 年、德国的勒纳德（1862—1947）在 1902 年、日本的长冈半太郎（1865—1950）在 1903 年、瑞士的里兹（1878—1909）在 1908 年、奥地利的哈斯（1884—1941）在 1910 年、英国的约翰·威廉·尼科尔森（1881—1955）在 1911—1912 年提出的原子结构模型。

1908 年在英国曼彻斯特，英国物理学家卢瑟福（1871—1937）指导他的两位学生与同事——留学英国的德国物理学家盖革（1882—1945）和出生在曼彻斯特、后来移居新西兰的马斯登（1889—1970）进行研究原子结构的实验。他们在一个小铅盒里装入

盖革　　　　马斯登

放射性元素钋，钋放出的 α 粒子从铅盒里的小孔射出，形成一束射线，打在被测定的某种金属（实际用的是金箔，所以也叫"金箔实验"）

上，"以便在这些物质的散射（偏转）能力和遏止能力之间建立某种联系"。α粒子打击被测金属后的去向，则由α粒子打到闪锌屏上产生的闪光来记数，这一闪光可由显微镜观测到。

当他们系统地用实验研究不同金属的散射作用时，却得到一个奇怪的、无法用布丁模型解释的现象：绝大多数α粒子穿过金箔之后，不偏转或基本上不偏转；只有少数α粒子大角度偏转。例如对4×10^{-7}米厚的金箔，偏转90°的α粒子仅约1/8 000；其中少数甚至被反弹回来——偏转角为180°，这种α粒子约占总数的1/20 000。

卢瑟福诞辰100年的纪念邮票，左边是他的《α、β粒子的散射和原子的构造》中核式结构模型的推导图，1971年由苏联发行

这个现象奇怪到什么程度呢？卢瑟福有形象的比喻："就像你向15英寸（1英寸约合2.54厘米）远的一张薄纸发射炮弹，它会弹回来打到你！"

为什么布丁模型无法解释上述现象呢？首先，α粒子大角度偏转不能解释为若干次小角度偏转的积累，因为这种可能性比1/8 000还小得多。第二，α粒子大角度偏转不可能是α粒子受到实心球内电子撞击的结果，因为α粒子的质量约为电子的7 300倍——一个质量大的粒子撞击质量小的粒子，质量大的粒子怎么会发生大角度偏转呢？这正如大铅球撞小乒乓时，大铅球不会发生大角度偏转一样。第三，α粒子大角度偏转不可能是实心球内带正电的部分对α粒子作用的结果，因为带正电的α粒子会受到实心球内正电荷的排斥作用，所以也不可能有剧烈的碰撞而发生大角度的偏转。

1909年，卢瑟福等报道了他们的发现。卢瑟福对前述奇怪的现象苦思了好几个星期，终于在1910年年底经数学推算，证明"只有假设正电球的直径小于原子作用球的直径，α粒子穿过单个原子时，才有可能产生大角度散射"，还进而提出原子的"核式结构模型"。

"核式结构模型"的要点是，原子中心有一个体积很小的原子核，它集中了原子的全部正电荷与电子以外的全部质量；带负电荷的体积很小的电子则在很大的空间中绕核旋转；整个原子所带的正负电荷相等，所以显电中性；电子绕核旋转所需向心力就是核对它的库仑力。

1911 年 3 月 7 日，卢瑟福在曼彻斯特哲学会上做了题为《α、β 粒子的散射和原子的构造》的报告，公开了他的研究成果，这一报告还刊在同年的《哲学》杂志上。

"核式结构模型"是第一种较为合理的原子模型，因为它可解释前述大部分 α 粒子穿过原子、少部分发生大角度偏转的现象：核外很大的空间使大部分 α 粒子易于穿过而不偏转或小角度偏转；质量大且集中全部正电荷的核使 α 粒子发生大角度偏转，但因核很小，所以大角度偏转的 α 粒子很少。

虽然卢瑟福是独享 1908 年诺贝尔化学奖的科学家，但他的"核式结构模型"在当时却很少有人买账，受到了冷遇。在 1911 年 10 月 30 日至 11 月 3 日召开的第一届索耳维国际物理讨论会上，卢瑟福参加了，但会议记录中却没有提到他的这一新研究工作。曾有人查过当年有关的报刊等文献，当时人们对他的原子模型几乎没有任何反响。

莫斯莱

尽管如此，卢瑟福与盖革、马斯登等人，为了检验这个"核式结构模型"，仍然继续进行着系统的、肯定性的研究工作。1913 年，英国物理学家、化学家莫斯莱（1887—1915）测定了各元素的 X 光标识谱线，也证明了卢瑟福理论的正确性。1914—1915 年，卢瑟福理论终于得到世人的公认。

当然，真理总是在不断完善的。1913 年，丹麦物理学家玻尔（1885—1962）在这一模型的基础上，提出了原子结构的旧量子模型。1915—1918 年，德国理论物理学家阿诺德·约翰内斯·威廉·索末菲（1868—1951）又对玻尔的模型进行了推广和发展。随着奥地利物理学家泡利（1900—1958）在 1924 年提出不相容原理，出生在荷兰的美国物理学家塞缪尔·亚伯拉罕·古德斯密特（1902—1978）与出生在荷属东印度群岛巴达维亚（今雅加达一带）的美国物理学家乔治·尤金·赫伦贝克（1900—1988）在1925年提出了电子自旋概念，以及三位德国物理学家海森堡（1901—1976）、玻恩（1882—1970）和恩斯特·帕斯夸尔·约尔丹（1902—1980）在1925—1926年建立了矩阵力学，奥地利物理学家薛定谔（1887—1961）在1926年创立了波动力学，对原子结构理论的研究终于暂告结束。

这些量子力学的理论对多数人来说，仍深奥难懂，因此目前写进中学的物理学、化学教科书中的，仍然是较为形象易懂的卢瑟福模型或玻尔模型。

原子内部的结构是看不见的，好似一个"黑箱"（Black Box），所以卢瑟福建立原子核式结构模型的方法，我们可称其为"黑箱方法"——不打开黑箱，而通过外部观测、试验，通过信息的输入和输出，来研究黑箱的功能和特性等，它属于事物属性方法。当然，卢瑟福还结合了分析和推理方法。

1945年，对控制论做出重大贡献的美国数学家维纳（1894—1964）在《模型在科学中的作用》一文中说："所有的科学问题都可作为'闭盒'（Closed Box），研究它们的唯一途径是利用闭盒的输入和输出。"这也是类似"黑箱方法"的意思。

黑箱方法在原子物理学中有广泛应用。如在基本粒子研究中，又设计了类似于卢瑟福实验的强子深度的散射实验，用黑箱方法来探索所谓"夸克禁闭"的奥秘。

黑箱方法还广泛用于其他领域。中医看病，通常用"望、闻、问、切"等外部观测；修理家用电器，通常不是大拆大卸，而是接上电源，开机观测故障现象，或者输入某种测试信号或自检信号，观测输出信号，从而分析故障。

有时解物理题目，如求"电阻黑箱"中的电阻值，也会用到黑箱方法。

总之，从科学研究、工程技术到社会经济领域，从无生命系统到有生命系统，从宏观世界到微观世界，黑箱方法都时常出现。

"1 + 1 + 1 > 3"
——超导理论是这样创立的

"赢啦！赢啦！"2003年11月15日晚饭时，北京大学食堂里师生们欢呼雀跃，掌声雷动。他们为何如此动情？

2003年11月16日，中国女排在日本大阪举行的第3届世界杯赛上首夺该赛事的冠军。北大学子被"三大球零的突破"振奋，再次发出"团结起来，振兴中华！"的呐喊。首次这样的呐喊，是中国男排于1981年3月20日在香港举行的世界杯亚洲预选赛上，以3比2逆转战胜韩国队，获得世界杯的参赛权之后。至今，镌刻着"振兴中华"的形状不规则的石

团结起来，振兴中华！

碑，仍屹立在北大图书馆旁。这一激动人心的口号响彻大江南北，以团结拼搏为主旨的"女排精神"，一直激励着中华儿女。

当然，"团结"这个道理，搞科技的古人或"老外"也懂——"大自然所表现出的智慧，真是形形色色，变化万端。为了了解它，我们必须联合大家的知识和努力才行。"这是法国数学家、天文学家拉普拉斯（1749—1827）的一段名言。

拉普拉斯辞世100多年以后，"巴库施（BCS）理论"的成功，再次证实了拉普拉斯的观点。

早在1911年，超导体现象就被荷兰物理学家昂纳斯（1853—1926）发现，但如何解释这一奇怪现象，曾使许多物理学家呕心沥血——至少包括6位诺贝尔奖得主，结果都铩羽而归。直到1957年，巴

丁、库柏和施里弗3人才以合作方法攻破了难关，得出了解决超导体现象的理论。人们将他们3人各自姓氏的第一个字母合在一起给该理论命名，称之为"巴库施理论"——"BCS理论"。

那他们为什么不单干呢？

1957年，巴丁50岁。他因为此前和两位美国物理学家肖克莱（1910—1989）、布拉顿（1902—1987）合作发明了晶体管，共享1956年诺贝尔物理学奖，尝到了"合作"的甜头。这位经验丰富的沙场老将，当然更能明白"一个好汉三个帮"的道理，而他梦寐以求的另一个目标就是解决超导体的理论问题。

库柏，当时不满30岁，是一名初出高等学府的研究生。他所熟悉的是量子场论，似乎与超导体现象不相干，然而，巴丁却看中他精力充沛，熟悉一套数学物理方法，认为他会对解决超导体问题有所帮助，特地邀请他从美国东部来到中部伊利诺伊大学和自己一道攻关。

施里弗，当时20岁出头，是刚从麻省理工学院毕业的学生。他出于对巴丁的崇拜，远道而来拜巴丁为师。巴丁建议他研究超导体问题。施里弗举棋不定，便去征求另一位老师的意见。这位老师深知超导体问题是难中之难，就问道："你年纪多大？"答："21岁。""那好，你还很年轻，浪费一两年不要紧。"

就这样，巴、库、施组成了老中青结合的"三驾马车"，一起去攻克超导体问题难关。研究场所就在伊利诺伊大学的研究所里。

一天下午，"小弟"施里弗想出了一个解决问题的简明方法。他拿不准，便问"二哥"库柏，库柏也没有把握。当时，"大哥"巴丁正出差在外。当巴丁回来一看，头脑豁然开朗，十分激动地说："行了！行了！这就行了！"

1957年，他仨提出的电－声子相互作用的"BCS理论"，不仅解开了大约半个世纪以来的超导之谜，还对诸如核结构、天体物理和液氦的低温行为等其他领域产生了巨大影响。"BCS理论"在1960年被杰维尔的实验证实之后，他仨共享了1972年的诺贝尔物理学奖。

现代科学发展的特点之一，是学科之间相互渗透，科研成为一种更为复杂的活动。它需要科学家具备多种多样的才能和知识。由于每个人的智力和精力都有限，实践范围也有限，一个人不可能样样都懂、事事都干，因此一个人就难以攻下复杂的科研项目。为了弥补个人之不足，科学家往往采取互相合作的方法，由几个人一道去完成某一个科研项目。这就是合作方法，也叫集体智慧法。

不同辈分的科学家相互合作，更能显现合作方法的优越性。老年科学家经验丰富、处事谨慎，中年科学家年富力强、知识面广，青年科学家精力旺盛、思维敏捷、创造力强。老、中、青三结合，就能既富有创造精神，又不莽撞；既考虑周密，又不畏首畏尾。

理论工作者和实验工作者合作也是一种形式。1965 年，善于实验的有机化学家伍德沃德和擅长理论的量子化学家霍夫曼共同合作，提出了分子轨道对称守恒原理就是成功的一例。

不同特长的学者合作也是一种好形式。我们知道的杨振宁、李政道和吴健雄得到"弱相互作用时宇称不守恒"的结论就是合作成功的范例。杨、李擅长数学计算与分析，而吴则擅长实验。三人可谓珠联璧合。

不同学科的学者合作也不鲜见。我们讲过的"光谱分析法"，就是两位德国物理学家基尔霍夫与本生（也是化学家）合作的结晶。

美国的阿波罗登月计划，是人类科技史上投入最大的工程之一，就是靠合作完成的。它历时 11 年，动员了国内外 120 所大学、2 万家企业，投入 400 多万人力——其中有 42 万名科学家、630 台电子计算机，解决了上万个难题，耗资 244 亿美元。相比之下，历时 4 年、投入

阿波罗计划——人类首次登月

15 万人力和 23 亿美元的美国"曼哈顿工程"——原子弹工程——就是"小巫见大巫"了。

王选能让汉字"告别铅与火，迎来光与电"，其中一个重要的原因就是能与一大群青年和中年人通力合作。中国的原子能和人造卫星技

术的研究也是靠集体协作才成功的。

与一些人认为科学家，尤其是较好的科学家都是"单干户"，以及认为重大的科学贡献全部归功于个体思维的产物这两种陈腐观点相反，荣获诺贝尔奖的研究成果大都是通过合作获得的。1901—1972年的286位诺贝尔奖获得者之中，共有185人（多达2/3）是合作出成果的，这些人都深知"一个篱笆三个桩"这一哲理。

不能与人合作，有时是不幸的。英国物理学、化学家杜瓦（1842—1923）的教训使人警醒。他在向极低温0 K的进军中，于1898年已通过液化氢达到5 K，领先了荷兰物理学家昂纳斯好几年，但他很快就发现，他的障碍不可逾越！原来，要进一步接近0 K，就必须液化氦气，而当时唯一有大量氦

年轻的朋友一起学习、交流，思维共振、智力激励

气的是他的同胞、稀有气体发现者之一的拉姆赛（1852—1916），但他此前却和拉姆赛闹翻了脸。这样，他不得不用温泉小气泡中不纯的氦气进行实验，结果屡屡失败，并最终被昂纳斯抢得先机。对此，杜瓦在1908年的论文《最低温及有关问题》的附注中懊丧地写道："1908年7月9日，荷兰莱顿大学的昂纳斯教授已经液化了氦气……"

俗话说"三个小皮匠，赛过诸葛亮"。合作并不只是数量的机械累加，而且还伴随质量的根本改变——"1＋1＋1＞3"或"1＋1＞2"。这是因为大家会思维共振、智力激励，从而产生"新东西"。这就是当今时髦的名词"头脑风暴"——智力激励法，它的发明者是美国著名创造工程学家、发明家亚历斯·费肯·奥斯本（1888—1966）。

奥斯本

合作既是一种方法与手段，也是一种美德，更是健康心理的一种表现。

从测灯泡到称象
——神通广大的"替代"

您听说过一分钟胜过两小时的故事吗？

爱迪生的一个助手阿普顿（1852—1921），毕业于普林斯顿大学数学系，还在德国深造过 1 年（一说 5 年），因此数学基础比较扎实。看到爱迪生盲目试验了几年，白炽灯还是没有成功，阿普顿便为他设计出一套系统性的实验方案，使实验走上了正轨，提高了效率。1878 年秋天，爱迪生还听从阿普顿的劝告，从英国买回来一台由出生在德国的英国物理学家、发明家斯普伦格（1834—1906）于 1865 年发明的一种水银流注高真空抽气泵。在这台抽气泵的帮助下，当年 10 月就得到约 0.1 帕的较高真空，解决了灯丝容易耗蚀的问题，最终使白炽灯研究成功。

一天，爱迪生把一个灯泡交给阿普顿，让他算出灯泡的体积。凭借较深的数学功力，这种只要初等立体几何知识便可解决的问题，对阿普顿来说当然只不过是"小菜一碟"，于是他爽快地承担了这一任务。

阿普顿拿着灯泡打量了一会儿之后，便开始量尺寸、画立体图、写符号、列算式。

一个钟头过去了，爱迪生走过去一看，纸上密密麻麻地写着一大堆公式、数字，计算大约才进行到一半。

又一个钟头过去了，爱迪生见阿普顿还没有算完，便不耐烦了。他拿过灯泡说："何必这么复杂！"只见他将灯泡浸在一个装水的大量杯内，看水在灯泡浸入前后的刻度。不到一分钟，灯泡的体积就测算出来了，而阿普顿用去 10 多张 16 开纸还没算出来。

我们从这个"一分钟胜过两小时"的故事中，除了得到"巧干往往会事半功倍"和"理论水平高和实践经验丰富的人各有长处"的有益启示，还可以看出科学测量方法的重要性。

以下是多种巧妙测量方法中的 4 种。

第一种，替代法。爱迪生测灯泡体积就是用的替代法。替代法有着不可比拟的优点：可解决形状不规则物体的一些计算问题，还省时。不过，对诸如一块冰糖这种既不规则，又不能放入水中的物体，要测量它的体积又怎么办呢？这时要用称量的办法，用冰糖的质量除以冰糖的密度，便得到冰糖的体积了。

替代法最早的记载来自古希腊的阿基米德。他将待测真假的金王冠浸入装满水的容器中，称出溢出来的水的重量，从而准确地求得水的体积即王冠的体积，进而判定了王冠的真假。

第二种，化整为零法。一大堆煤，将其"化"为若干次"零"（小块一点的）进行称量。

第三种，积零为整法。就是把单个不易测准的微小物体积累许多个后一起测量，然后再将测量的总值除以物体个数，便得到每一个的值了。例如，要称一个小螺母的重量，手中又没有较灵敏的秤，那就数 100 个螺母，称出总重后除以 100 就可以了。要测一根细铜线的直径，用普通直尺

曹冲

难以测准，这时可把细铜线在一段棒上密绕多圈，再测这些圈的总长度，最后将这个长度除以所绕圈数即可。要测一张薄纸的厚度很难，但测 100 张纸的厚度便容易测出来了。

第四种，综合法。就是把前面几种方法结合起来使用。曹冲称象就是使用综合法的典型例子。大象的重量被一筐筐的石头替代且化整为零了。

不过，有人认为曹冲并不是"曹冲称象法"的最早发明者，因为他之前约500年已有人采用过类似的方法了。据中国南宋时代吴曾所著《能改斋漫录》所引《符子》说，战国时北方有人送给燕昭王（公元前335—前279）一头叫"美若奚"的大猪，养了15年之后长得圆丘一般，称量它时先后折断了10杆大秤，仍不能称出体重，只好叫水官"浮舟而量之"，终于得知准确体重。可见那时已经采用曹冲称象的方法了。

另外，中国历史学家、国学大师陈寅恪（1890—1969）考证过，古代佛经《杂宝藏经》中也有用船称象的记载，虽然这部佛经是北魏时翻译的，但在此之前已辗转传到中国。陈寅恪还怀疑曹冲称象的故事是后人由此附会而来的。

曹冲称象

能谱仪上的异常
——J 粒子的发现

在英国牛津圣芳济会院舍的旧址，有一块石碑，上面刻着："罗吉尔·培根（1214—1292），伟大的哲学家……通过实验方法扩大了科学王国的领域……"他"想入非非，敢拿上帝的创造物做实验，是亵渎神灵、大逆不道"之举，虽然被判了 14 年的监禁，但却赢得了"实验大师"的美称。

是的，实验方法已经成为科学王国各领域的宠儿，是现代科研最主要的经验方法。我们要讲的 J 粒子，就是用实验方法发现的。难怪 X 光的发现者——德国物理学家伦琴（1845—1923）说："实验是最强有力的杠杆，我们可以用这个杠杆去撬开自然的奥秘。"

1976 年 12 月 10 日 16 点 30 分，瑞典斯德哥尔摩蓝色音乐大厅。在一阵庄重、悦耳的音乐之后，年轻的华裔美国物理学家丁肇中（1936— ）走上了摆满鲜花的诺贝尔奖领奖台。他不顾瑞典皇家科学院的获奖者要用本国语言讲演的惯例和美国政府的竭力阻挠，在颁奖大会上第一次用汉语讲演——虽然他并不是第一位获诺贝尔奖的华

丁肇中

人。这时，主席台上的一位老人热泪盈眶，他是专程从台湾赶来的丁肇中的父亲——著名土木工程学专家丁观海（1911—1991）教授。

1971 年，在美国坎布里奇的麻省理工学院担任物理学教授的丁肇中，为了搞清某些基本粒子的电磁力性质和发现新粒子，向有先进质

子加速器的纽约州长岛的布鲁克海文国立实验室，提出花巨资建造高级探测器——高分辨力的能谱仪的建议。这一建议遭到持"不可能发现有价值的新粒子"观点的物理学家们的反对。一些人甚至说丁肇中他们"不懂基本常识"。丁肇中要凭自己的判断去做创新实验，于是，他克服了许多困难，带领自己的粒子物理实验小组亲自干了起来。

在一切准备就绪之后的 1974 年 4 月初，丁肇中和他的已经熟练掌握了操纵高能粒子束和各种复杂设备的小组，在布鲁克海文国立实验室投入了紧张的实验。小组的人员被分成两班，而丁肇中则每天工作 16 小时以上，甚至常常半夜起来检查工作。

8 月初，当丁肇中把质子加速器的实验能量调整到 31 亿电子伏时，铅玻璃计数器出现了不平常的现象：电子对数目疯狂地成倍上升。能谱仪上的分辨数据表明，这是出现了一种窄宽度能量的粒子，它的寿命应该很长，约为 10^{-20} 秒，竟比同质量的共振态介子长寿 1 000 倍；测量到的质量又相当重，是质子的 3.3 倍。

这个发现激动着每个人的心！丁肇中意识到可能是发现了一种新粒子。为慎重起见，他们又用了两个多月，将实验反复进行了 500 多次，得到的都是同样的结果；直到 10 月，他们才对外宣布。后来，科学界将这种粒子命名为"J/Ψ"粒子或"J"粒子。

伯顿·里克特

几乎同时，在斯坦福直线加速器中心实验室的美国物理学家伯顿·里克特（1931—2018）的实验小组，也发现了这种粒子，而且论文发表在先。于是，他俩共享 1976 年诺贝尔物理学奖。

丁肇中等人的发现，打开了基本粒子家族的大门，高能物理空前活跃，新基本粒子不断被发现。

丁肇中等人发现 J 粒子，用的是实验方法。它是指人们按照研究的目的，利用科学仪器、设备等，人为地控制研究对象，排除干扰、突出主要因素，在有利条件下研究自然规律的方法。

实验方法不是自然产生的。古希腊人一般不知道实验方法，主要用的是思辨方法，到阿基米德时才有实验工作的迹象。实验方法的始祖是英国的罗吉尔·培根、意大利的达·芬奇、法国的笛卡儿等，但从科学方法论的高度上阐述它的重大意义并对其大力倡导的，则是另一位英国唯物主义哲学家弗兰西斯·培根（1561—1626）。

实验方法是经验方法中的一种。实验方法还可再细分为判决、验证、结构分析、定性、定量、对照、析因、中间、急性、慢性实验方法等多种。

实验方法的主要作用是：发现新事实、探索新规律、检验理论、判定理论适用范围、测定常数、推广应用成果、开拓应用新领域。

"科学实验是科学理论的源泉……"实验对于理论的重要性，中国宇宙线研究和高能实验物理的开创者之一——著名物理学家张文裕（1910—1992）有精彩的论述："以理论就实验是天经地义，以实验就理论要天诛地灭。"丁肇中本人也说："自然科学理论离不开实验的基础，特别是物理学，它是从实验中产生的。"

类比生下"双胞胎"
——戴维电解得钾、钠

"埃得蒙德，快到这儿来！苛性钾分解了！"

1807 年 10 月 的 一 天，英国化学家戴维（1778—1829）对他的实验助手这样大声呼叫。

戴维

为什么"苛性钾分解"会使戴维兴奋不已，大声疾呼？

1800 年伏特电池发明之后，各国化学家纷纷用它分解各种物质。戴维就一直在进行苛性碱的电解实验。所谓苛性碱，是苛性钠（氢氧化钠 $NaOH$）和苛性钾（氢氧化钾 KOH）的统称。

戴维为什么要进行苛性碱的电解实验呢？

原来，此前法国化学家拉瓦锡（1743—1794）认为，与土质相似的氧化物（例如锡石即二氧化锡 SnO_2 和三仙丹即氧化汞 HgO）既然可以分解成金属和氧气，那苛性碱也可能是氧化物。戴维很赞同这一观点。为了证实这一见解，戴维就进行了实验研究。

戴维先电解的是苛性钠和苛性钾的饱和溶液，但得到的是氢气和氧气——和电解水的产物一样。接着，他又电解熔融的无水苛性钾，但因温度太高，也没有取得预期的效果。最后，他改用强电流来熔化碳酸钾，再进行电解，才在电池的阳极得到氧气，阴极得到水银滴状的金属颗粒。看到自己这么多天艰苦的劳动没有白费，拉瓦锡和自己的观点也得到证实，戴维当然就免不了激动地大声呼叫啦！

戴维把这种金属颗粒投入水中，它就在水面上急速奔跃并发出"哧哧"声，随即发出淡紫色火焰……一种新元素发现了。由于它含在草木灰中，就被命名为"钾"，意为"草木灰"（取意 potashes——"木灰"和 kalian——"灰"）。

苛性钾分解成功以后，戴维立即着手分解苛性钠——实际分解的是苏打（碳酸钠 Na_2CO_3），结果在 1808 年又得到一种新元素——"苏打素"即钠。

钾 K 和钠 Na，戴维发现的"双胞胎"

打开元素周期表，你会看到钾和钠排在同一主族，它们的性质有很多相似之处，所以当时人们都说："戴维发现了一对双胞胎!"

戴维由发现钾想到去发现另一种未知金属钠，用的科学方法是类比法，再分细一点，则是直接类比法。

1808 年，戴维还用类似的电解法发现了钙、锶、钡，同年又用钾还原氧化镁发现了镁。

让糖"变脸"之后
——易识"庐山真面目"

在德国柏林的旺喜化学研究所的广场上，曾竖立着一尊铜像，人们以此来纪念在这里工作过 26 年的赫尔曼·埃米尔·费歇尔（1852—1919）。

费歇尔是一位德国化学家。1902 年，在 12 名候选人中，诺贝尔奖评委会把诺贝尔化学奖授给了费歇尔一人，而他的老师、化学家阿道夫·冯·贝耶尔（1835—1917），独享 1905 年诺贝尔化学奖的时间，反而比他迟了三年。

阿道夫·冯·贝耶尔

诺贝尔奖评委会在报告中这样写道："在上一世纪的最后几十年里，有机化学研究中那种独有的风格，在费歇尔关于糖的研究中达到了光辉的顶点。从实验技术的角度看，他的工作可以认为是无与伦比的。"

当然，这一评价未免有不当之处，因为科学没有顶点；但对化学来说，费歇尔的贡献的确可以让他长驻人心。

1884 年，费歇尔开始鉴定糖类的结构。

要提纯糖很难，而不纯的糖难以结晶，这就使对糖的结构分析无法深入。无疑，这是当时无数致力于这种研究的化学家的共同难题。

费歇尔则另辟新路，采用了巧妙的方法：既然糖难以结晶，那就用其他物质与它反应，生成容易结晶的化合物。费歇尔用苯肼和糖反应，生成的结晶很容易辨认，这就为分析糖的结构铺平了道路。他也因为擅长实验，被称为"实验室的神明"。

上述苯肼是一种有毒的蛋黄色晶体或油状液体，在空气中会变成红棕色，由氯化重氮苯还原得到。苯肼可用于制染料、药物、显像剂等，还可作为鉴定糖类、醛类、酮类的化学试剂。

"神明"费歇尔在实验室

费歇尔的方法成了以后鉴定糖的极重要的方法。费歇尔几乎用了 10 年的时间对糖化学进行研究，成了碳水化合物研究的主要奠基人。他也是因为对糖和嘌呤衍生物的研究而独享诺贝尔化学奖的。

费歇尔的方法就是我们熟悉的转化（换）法：把要观测的参数、物质等，转化成容易观测的形态的方法。

大自然往往披着神秘的面纱。转化法的本质就是叫事物"变脸"，这样就揭开了这层面纱，就容易识得事物的"庐山真面目"了。费歇尔把糖转化成很容易辨认的结晶；天文学家把无法看到的星体演化过程转化为星体的形态，来推测它的演化方式。这两个都是转化法的实例。

位于柏林普朗克细胞生理学研究所的费歇尔的铜像

费歇尔不但"工作……无与伦比"，而且道德高尚，把事业看得重如泰山：1883 年，德国著名的"巴底希苯胺－碱公司"用每年 10 万马克的诱人高薪，聘请他担任研究部主任，被他以"这个职位不利于自由研究"婉拒；遗嘱中，他把自己发明的两种合成药物"萨尤丁"（Sajodin）和"沙波明"（Sabromin）的销售所得的分红共 75 万马克，悉数捐赠给"威廉皇帝学会"（一家 1910 年 10 月 11 日正式成立，以"创办和资助自然科学研究所，促进科学的发展"为目的的科研机构）……

于是，有了故事开头的铜像。不过，这尊铜像已毁于第二次世界大战。战后，在费歇尔的学生、普朗克细胞生理学研究所所长、独享 1931 年诺贝尔生理学或医学奖的德国生理学家奥托·海因里希·瓦尔堡（1883—1970）等人的努力下，在该所的花园里，又重新竖立了一尊费歇尔的青铜铸

世界上第一种合成药物安替比林的结构

像。费歇尔的另一位高足、1883 年研制成功世界上第一种合成药物——取代镇痛药阿司匹林的安替比林（Antipyrine，现在叫 Phenazone）——的德国化学家鲁德维格·克诺尔（1859—1921），则曾精辟地说："费歇尔以一生的工作让自己铸就了一座丰碑，它无疑将与地球文明共存……"

"小数点后三位的胜利"
——第一个"懒人"的发现

"……我用两种方法制得的氮气密度不一样。虽然这两个密度只相差5‰，但是仍然超出了实验误差范围。对此，我颇有怀疑。希望读者提供宝贵意见。

"第一种方法：让空气通过烧得红热的装满铜屑的试管，氧与铜化合，剩下了氮。这种氮的密度为 1.257 2 克/升，称为氮 I。

"第二种方法：让氧、氨混合通过催化剂，生成水和氮气。这种氮的密度为 1.250 8 克/升，称为氮 II。

"两者密度相差 0.006 4 克/升……"

这是 1992 年 9 月在英国《自然》杂志上刊登的一篇短文。

是谁，为什么要发表这样的短文呢？

1892 年，英国物理学家、化学家瑞利（1842—1919）在研测氮气密度时偶然发现，来自空气中的氮气和来自氮化物中的氮气的密度在小数点后第三位上开始不同。这小小的差异引起了他的"特别关照"——不认为仅仅是测量误差。他不但提出好几种假说加以解释——例如假定大气的氮中含有与臭氧 O_3 相似的成分"N_3"，并且还在《自然》杂志上发表了那篇短文，想来个"春雷惊万类"。

学术界对瑞利的"新发现"并没有特别的重视，只有英国化学家拉姆赛（1852—1916）才猜想这其中必有蹊跷，并表示要和瑞利共揭奥秘。于是他又重新测定了两种氮气的密度，分别得到 1.257 克/升和 1.251 克/升的相似结果。他还宣布，两者密度之差，是因为大气氮中含有"N$_3$"。

当拉姆赛把目光对准大气光谱时，却大吃一惊：除了已知氮的光谱，还有不属于任何一种已知元素的一组红色和绿色的、清清楚楚的光谱。看来，"新朋友"来了——大气中含有某种未知元素，而不是"N$_3$"。

那么，新朋友又是何方神圣呢？拉姆赛想起当年英国科学家卡文迪许做过的实验：让含有充足氧气的空气通过放电来"固定"（氧化）全部氮气，但结果仍然有体积约 1/80 的"氮气"不能被氧化。

自此，"秋雷催百籽"的季节到了：空气中一定含有一种不与其他物质起反应的新元素。于是地球上第一个"懒惰的"元素——氩，被拉姆赛和瑞利二人在 1894 年 8 月 13 日从百余吨液态空气的慢慢蒸发中发现了。后来，他们和其他科学家又发现了其他惰性气体，即稀有气体。

这一发现在当时曾被称为"第三位小数的胜利"。瑞利和拉姆赛因发现稀有气体等成就，分别独得 1904 年诺贝尔物理学奖和 1904 年诺贝尔化学奖。

瑞利和拉姆赛用的科学方法，是精确测量法，属于实验法中的定量实验法。从思维的角度说，是一种"同（同是'氮气'）中求异（密度不同）"的思维方法，和"异中求同"的思维方法正好相反。"异中求同"思维的成功范例是美国科学家富兰克林发现"天电"和"地电"相同，并发明西方第一根避雷针。

精确测量法是一种很有用的科学方法，曾得到过许多重大成果：开普勒关注小小的 8 角分就引出了"天文学的革命"；著名的"迈克耳孙－莫雷实验"，精确地得到"零结果"，否定了以太的存在，引出相对论的诞生……

当然，"精确"的概念并不只是在科学家的"测量"之中。瑞典化学家贝采利乌斯（1779—1848）就说过："（实验研究）必须注意大量的细节，若有忽略，常常使几个星期的工作化为乌有。"

探生命起源辟蹊径
—— 米勒的大气模拟实验

现代科学有四大难题，其中之一是宇宙、物质和生命的起源问题。

为了探讨地球生命的起源，在 1924 年，苏联青年化学家奥巴林（1894—1980）出版了《生命起源》一书，提出了生命起源的化学进化的"异养说"，1929 年，英国生物学家霍尔丹（1892—1964）也独立提出了类似的学说，所以有人把它称为"奥巴林 - 霍尔丹"生命起源说。

异养说属于生命起源的"化学演化说"，即"理化生源说"的一种。它认为地球为无机物组成，通过各种自然过程形成有机的和生化的化合物，化合物结合并进化为原始细胞或原始的异养生物，最后异养生物发展出各种生物。这一过程是一个"三部曲"：无机物因光照在海洋中变成简单有机物，简单有机物在海洋中进一步变成复杂有机物，"死"的复杂有机物变成"活"的生命。

奥巴林的假说对吗？科学家开始了实验研究，但他们却面对一个尴尬的事实：研究生命的唯一样品，别无选择地只能来自地球。于是，在 1953 年，美国生化学家米勒（1930—2007，当时是尤里实验室的研究生），

米勒　　　　　尤里

在他的老师、独享 1934 年诺贝尔化学奖的美国化学家尤里（1893—1981）的指导下，模拟地球原初的条件，在试管中对氮气、水、氢气、

氨等施以 7 昼夜的闪电和紫外光辐射，得到了生命的重要组分——11 种氨基酸。两位德国科学家格罗特和冯·维森霍夫于 1959 年，美籍西班牙生化学家胡安·奥罗在 1961 年也得到类似的结果。

据说，在自然界中，完成这种转化需要几十亿年的时间，因此这一实验为生命起源的研究开辟了一条新途径。这样，奥巴林"三部曲"中的第一步就被实验验证了。

米勒等人采用的科学方法是模拟实验方法。先以某自然现象或过程为原型，然后设计模型，通过模型来研究原型的规律性。

模拟实验方法是模拟方法之一种，也是一种间接实验方法，其理论基础是相似理论。模拟实验方法还可以细分为局部模拟实验方法、近似模拟实验方法、物理模拟实验方法、数学模拟实验方法等。

模拟实验方法应用广泛。

在古代，达·芬奇曾用小模型模拟桥梁，研究桥梁支撑重量与其长短粗细之间的关系。伽利略注意到，如果大船模仿小船的比例来建造，小船可以安全行驶，而大船在造船架上就会崩垮……

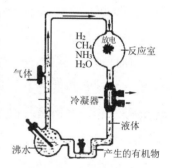

米勒模拟太阳紫外光的实验装置示意图

在现代，2002 年 10 月 6 日，闻名于世的长江三峡水电工程的导流明渠截流，但它的模拟实验早在一年前就已经在湖北宜昌的实验室里完成。"风洞实验"、汽车的模拟碰撞实验等都用了模拟实验方法……

模拟实验方法，已经成为现代科技和生产中一种不可缺少的科学方法。

"让事实说话"
——达尔文是如何创立进化论的

"什么事物最妙？善良的人，睁大眼睛瞧。"这是法国诗人、政治活动家路易·阿拉贡（1897—1982）的诗。

是的，只有"睁大眼睛瞧"的"善良的人"，才能看到"最妙"的"事物"。

英国著名生物学家、生物进化论的创立者之一达尔文，就是这样一个看到"最妙""事物"的人。

1831 年 12 月 27 日，带着《圣经》的达尔文从英国普利茅斯港登上"贝格尔号"舰。环球航行的第二年，他仍然习惯地用神学教义解释生物界的种种现象。

5 年之后，航行结束——达尔文在 1836 年 10 月 2 日回到普利茅斯港。在大量的生物进化事实面前，他终于放弃了神创论，形成了进化论的观点。

年轻时的达尔文

达尔文怎么就变成一个坚定的进化论者了呢？原来，他在科考途中总是"睁大眼睛瞧"的，回来之后是用观察到的事实来说话的。

达尔文说过："我没有突出的理解能力，也没有过人的机智，只是在发觉那些稍纵即逝的事物并对它细心观察的能力上，我可能在众人之上。"这番话说明了良好的观察能力对于成功的重要作用。

可见，达尔文创立进化论用到了观察方法。

观察方法是指研究者对自然界各种物质形式的直观反映或描述。

观察方法是经验方法中最基本、最重要的一种。青霉素的发现者、英国细菌学家弗莱明（1881—1955），在与另外两位科学家共享1945年诺贝尔生理学或医学奖时，他深有感触地说："我的唯一功劳是没有忽视观察。"由此可以看出观察方法在科学家心目中的重要地位。

恩格斯说："单凭观察所得的经验，是决不能充分证明必然性的。"这就看出，在肯定观察方法重要性的同时，也应该看到它的局限性。必须借助于理论思维、实验方法等，才能从观察材料中寻找到规律。事实上，达尔文环球航行在1836年回来以后，并没有急于发表，也不可能发表系统的进化论的观点，而是一直在进行艰难的理论思考和生物实验，直到22年后的1858年他的《物种起源》初稿才在林奈学会上宣读……

对此，有个400年前喊出"知识就是力量"的高人，在他的《新工具》一书中说得很清楚："我们不能像蚂蚁，单是收集；也不可像蜘蛛，只从肚子中抽丝；而应像蜜蜂，既采集又整理，这样才能酿出香甜的蜂蜜来。"这位高人就是英国著名的哲学家、数学家弗兰西斯·培根。

观察方法还可再分为直接观察方法、间接观察方法、质观察方法、量观察方法、自然观察方法、实验观察方法等。

观察方法多数是在自然发生的条件下进行的，这就要我们随时做有心人。

被观察的对象只有能重复出现时，观察才具有科研意义，这就要我们不被假象迷惑。

观察是一项长期而艰苦的工作，要求我们要有献身精神且要遵守循序渐进的原则，不能急于求成。

要使观察更有成效，除了提高仪器、设备的质量，观察者的素质也非常重要，要求我们尽量更新仪器、设备，不断"充电"。

观察不是简单的感性活动，要在正确理论指导下才能事半功倍，这就要求我们要加强理论学习，做好理性认识和感性活动的结合。

"数豌豆" 数出大成果
——孟德尔遗传定律的发现

　　1965 年仲夏的一天，捷克斯洛伐克莫勒温镇热闹非凡，各国遗传学家应该国科学院之邀云集于此。他们怀着崇敬而感慨的心情在这里的一座教堂里开会，纪念奥地利遗传学家孟德尔（1822—1884）的《植物杂交试验》论文发表 100 周年。

孟德尔

　　孟德尔出生在奥地利的西里西亚（今属捷克共和国）的一个贫苦农家。受父亲酷爱种花的影响，他对种植花草树木很有兴趣。后为生计所迫，只得于 1843 年 21 岁时进了布隆城的奥古斯丁修道院。

　　作为一名见习修士，孟德尔有点"不务正业"——用业余时间去研究后花园里的花花草草，因此无缘受到主教青睐。1849 年 10 月，他被派往布隆南部的兹诺伊莫高中，教数学和希腊文等课程。1851 年他曾到维也纳大学理学院学习，1853 年夏回修道院当神父，并受聘为附近一所教会学校的代理教员，从此教动物、植物、物理等学科 14 年。

　　孟德尔一面教学，一面在修道院后花园里种了许多植物、养了许多动物做杂交实验。从 1854 年起，经过 9 年"面壁"，终于由豌豆实验揭示了分离定律和自由组合定律这两条新的遗传规律。1865 年 2 月 8 日至 3 月 8 日在布隆自然科学研究会第二次年会期间，孟德尔在好友、气象学家耐塞尔的鼓励和支持下，到会宣读了概括上述成果的论文《植物杂交试验》。

孟德尔的成果是划时代的。首先，他通过杂交创立的遗传分析的遗传学方法，至今还在广泛使用，与细胞学方法、物理学化学方法、数学统计方法构成现代遗传学研究的四大方法。第二，孟德尔用实验驳倒了当时流行的、错误的性状遗传理论和融合遗传理论，从而奠定了遗传的基本规律、创立了遗传学，被人们称为"植物学上的拉瓦锡"。

孟德尔的成果还有巨大的实用价值。利用他的遗传方法，人们已培育出农产品活体中更为坚强的品种，防擦伤马铃薯就是其中之一。20 世纪 60 年代，农学家诺尔曼·鲍劳格通过引入一种个体小，但产量高的矮生小麦，在饥荒困扰的印度和巴基斯坦拯救了成千上万人的生命，这被称为"是一场发源于孟德尔花园内的绿色革命"。

令人遗憾的是，其后几十年却无人认识到孟德尔成果的重大意义。直到 1900 年才有"孟德尔定律的重新发现"。被埋没的伟大理论 35 年后才"重见天日"，人们自然"崇敬而感慨"。

孟德尔是用什么方法创立这一伟大理论的呢？

他用到了第一种科学方法——数理统计方法。

应用概率论的结果，通过样本来了解和判断总体的统计特性的方法，就是数理统计方法。它是概率统计方法中的一种。

下面，我们看孟德尔是怎么在对豌豆的研究中运用数理统计法的。

孟德尔首先统计植株的高矮这两种性状的遗传情况。结果发现，矮株的种子永远只能生出矮株，因此它是纯种。约占高株总数 1/3 的高株也只生育高株，属于纯种；但其余 2/3 的高株的种子生出一部分高株、一部分矮株，高矮的比例大约总是 1:3。这就说明高株有两类，一类是纯种，一类是非纯种。

那么，将矮株与纯种高株杂交会出现什么现象呢？孟德尔吃惊地发现，杂交生出的全是高株，矮株的性状似乎全都消失了，但是，将这一代杂交出的高株进行自花授粉，结果新一代 1/4 是纯矮种，1/4 是纯高种，2/4 是非纯高种。

....

虽然限于篇幅，我们不能把孟德尔还进行过的数圆皮豌豆和皱皮豌豆等的"数理统计"再继续下去了，但也能看到他的确是通过戏称"数豌豆"的数理统计法来得到遗传规律的。

这里又有一个问题：为什么孟德尔之前没人做出类似的发现呢？他们也是可以用数理统计法的呀！

这下就要体现出孟德尔的高明之处了。

这是由于孟德尔用到了第二种科学方法——滤斗净化方法。

撇开对象的非本质的、偶然的、次要的因素，从纯粹形态上考察对象，让对象内部的主要矛盾和本质的联系突出出来，再加以精细的研究，这种方法被称为滤斗净化方法。

滤斗净化方法是形象（直感）思维方法中的一种，其实质在于化难为易，变大为小……把事物中主要的本质的因素抽取出来，便于揭示其规律。

孟德尔经广泛研究发现，前人实验失败的原因，在于忽视了对实验材料的精心选择。他经过对大量植物品种的精挑细选，最后选中了豌豆这样一个品种。豌豆之所以能"担大任"，固然与它本身的许多属性有关，但是更重要的是，孟德尔在选材过程中贯穿了滤斗净化方法。

孟德尔意识到，自然界大多数植物都是异花授粉的杂合遗传型，性状的遗传表现得比较复杂。先前的园艺家用这些植物做材料，自然难以确定杂种后代的不同性状数目，也就无法运用数理统计方法找出遗传规律。孟德尔选用的豌豆，是经过自花授粉而形成的纯一遗传型的品系。用这种经过滤斗净化方法处理的"纯系"豌豆做实验，就可以明确地探讨杂种后代的不同性状数目的统计关系了。

数理统计法、滤斗净化法，再加实验法，是孟德尔运用的"三大法宝"。

这就是100年后有劳科学家们大驾光临，并且让他们"崇敬而感慨"的孟德尔！

这就是平淡无奇，但又鬼斧神工的科学方法！

寻刺激意外见"怪鱼"

——"第一恐龙"是这样发现的

新疆温泉县阿拉套山新疆生产建设兵团农五师八十八团畜牧公司的牧民敬永雄,信马由缰,边走边哼……

这是 1989 年 7 月一个阳光明媚的夏日。当时钟指向下午 5 点的时候,敬永雄已经慵懒地躺在中哈边境处的捷麦克沟夏牧场的地上,显得十分寂寞。

"光是睡觉也太乏味了,得来点刺激的。"他想。

于是,敬永雄和他的小儿子走到附近的一条小溪边,开始胡乱地翻动水里的石头,以消磨时光。翻着翻着,当他翻开一块一二十千克重的大花石头的时候,一场谁也想不到的大戏拉开了序幕……

大戏拉开序幕之前还有"排练"等准备工作,我们就从这里说起吧。

1866 年,出生在德国的俄国动物学家卡尔·弗多洛维奇·凯塞尔(1815—1881)在新疆阿拉套山发现了一种世界级的珍稀动物——北鲵,即新疆北鲵。更早的发现则在 1840 年——俄国科学探险家普热津瓦斯基在新疆和俄国首次发现了它。说它"世界珍稀",原因有二:一是北鲵比恐龙还古老,生活在距今至少 2.5 亿多年以前,所以又叫"第一恐龙";二是它只分布在阿拉套山一块狭长的区域内,于是新

凯塞尔

疆北鲵老早就上了中国濒危保护动物红皮书，以及国际保护自然和自然资源联盟红皮书。

可是，自从凯塞尔在新疆最后一次看到北鲵之后，它就销声匿迹了……

100多年以后，为了找到这稀世珍宝，中国著名动物学家王国英、谢志强、袁国映、赵尔宓等，曾多次在阿拉套山的伊犁、博乐、塔城等地，展开"梳头式"的"大扫荡"，但最终一无所获。许多学者认为，北鲵和恐龙一样，已经"断子绝孙"了。

新疆北鲵

北鲵真的"断子绝孙"了吗？

敬永雄——一位四川出生的新疆牧民，把这大石头一翻，就翻出了答案。

"哗！"的一声，从石头下面猛地蹿出一条"鱼"。敬永雄眼疾手快，一把将它抓出水面。他定睛一看……

"妈呀！"一声，敬永雄立即把它扔出老远。

真是不看不知道，一看吓一跳。这条"鱼"有蛇一般的头，莫名其妙的4只脚，一条长长的尾巴……敬永雄活了几十年，不但从来没有见过，而且连听都没有听说过。后来他把这消息传出去的时候，就迅速在山里引起轰动，甚至有人断言，这种"鱼"一定是神话中"妖魔的化身"！

时逢新疆师范大学生物系学生王亚平回家乡温泉县西部的捷麦克度暑假，听说此事后王亚平也觉得不可思议。因为这里是边境高寒山区，年均气温仅0.4 ℃，而北鲵通常生活在高温环境之中。

"北鲵之母"王秀玲

暑假之后开校，王亚平回到新疆师范大学，将"怪鱼"的传闻告诉了老师——王秀玲（1940— ）讲师。

"样品"被装在有半瓶水的酒瓶里。王秀玲听、看之后大吃一惊："天哪！难道是新疆北鲵？"凭着她对这种两栖动物的知识，她有这种预感。这是一个使她终生难忘的日子——1989年9月1日，王亚平给她带来了这个"高含金量"的消息。

第二天早上"五更寒"天未亮的时候，王秀玲带上600元钱，就奔向中国和哈萨克斯坦交界的阿拉套山。9月5日，她终于到达捷麦克，费了许多周折后找到了敬永雄。王秀玲借了一匹马，二人策马扬鞭，直奔北鲵发现之地……

9月11日，敬、王二人到了敬永雄发现"怪鱼"的"神秘之地"。翻石头，翻了又翻，翻了又翻，翻得手脚麻木泛白、腰酸背痛，石头堆得像小山，还是不见"怪鱼"的芳踪！"难道它遁土哪？难道是误传？难道西方学者说得对：它们早已灭绝？"

王秀玲不肯鸣金收兵——历尽千辛万苦才来到这人迹罕见之地，她决不轻易空手而归。"动物学家们多年来都芳踪难觅，我哪会立竿见影呢？"她不断给自己鼓劲。

随着时间的流逝，激动人心的一幕出现了。当王秀玲翻开一块不太大的鹅卵石的时候，那神秘的四脚小家伙"哗!"地蹿出水面。面对这只"四脚蛇"像青蛙凸起的、机灵的眼睛，王秀玲热泪盈眶，真想大声喊叫……

王秀玲在这里一待就是4天，一共抓了600多条这样的长不足30厘米的"鱼"……

新疆北鲵自然保护区一隅

很快，中国最有影响的动物学杂志《动物学研究》等国内外刊物，发表了王秀玲发现北鲵的论文。这些论文轰动了海内外，哈萨克斯坦的一些濒危动物学家也闻讯赶来……

接着，王秀玲根据考察的情况，迅速向国家科学基金委员会提出申请，要求立即开展北鲵的保护和人工繁殖研究。她的申请以惊人的速度得到批准……后来，北鲵保护区建立……

13 年过去了，弹指一挥间。2002 年 10 月 30 日，新疆师范大学生命与化学学院教授王秀玲端坐在中央电视台第 1 套"焦点访谈""东方时空"节目中。"我真想向全世界喊'我找到新疆北鲵了!'但可惜没有把现场拍摄下来!"这位北鲵研究专家回忆当时的情景说，"如果它再次消失，将是我的罪过。"她还说，目前，北鲵已人工繁殖到 1 万多尾，但工作还没有达到期待的目标。

在谈到为什么是她而不是别人再次发现北鲵的时候，王秀玲说"我很幸运"，是"知识改变命运"，应归功于我的老师——他在讲课时讲到北鲵是消失的物种，呈黑褐色……

王秀玲发现北鲵并取得成功，用的是机遇方法——前提是"知识改变命运"。正如她在上述中央电视台的节目中所说："如果说你不具备那些知识，那么当机会来的时候，比方说你见到新疆北鲵，你就熟视无睹，觉得它没什么。"

在参差不齐的稻苗面前
——"禾下乘凉梦"这样开始

2003 年 2 月 28 日 23 时 35 分，从 2001 年开始颁发上一年度的国家科学技术最高奖以来总共五位得主中的四位——吴文俊（1919—2017）、黄昆（1919—2005）、王选（1937—2006）、金怡濂（1929— ）齐聚中央电视台 1 套演播厅，唯有袁隆平（1930—2021）"逃课"。

袁隆平为什么"逃课"，又在干什么？

吴文俊　　　王选　　　黄昆　　　金怡濂

袁隆平人没来，但画面来了。他说他打网球摔了，来不了。他还说，我们培育的第一期"超级杂交稻"（指籼稻和粳稻杂交后得到的水稻）已经成功，大面积平均亩产为 700 千克，"第二期"大面积平均亩产 800 千克，将在 2004 年成功。我们还有"第三期"，稻粒会有花生米那么大，稻穗就像扫帚，长得像高粱那样高大，人可以在下面乘凉。他充满诗情画意地说，我们正在做"禾下乘凉梦"。

袁隆平怎么会做这"禾下乘凉梦"呢？这得从头说起。

用杂种第一代优势提高农作物产量，历来被认为是最佳手段。早在 20 世纪 30—40 年代，美国就推广了杂交玉米。20 世纪 50 年代墨西哥杂交矮秆小麦培育成功，对解决世界性粮食短缺问题具有非常重大的意义。

水稻杂交却一直没有进展。1926 年，美国科学家琼斯最先报道了水稻下一代杂种的优势现象；1962 年印度一位科学家也进一步提出了水稻下一代杂种优势在生产应用上的设想，但一直没有获得成功。

失败的原因在哪里呢？原来，水稻是一种花器很小的自花授粉作物，异花授粉十分困难，因此，自 20 世纪 20 年代以来，育种学家们培育自花授粉的水稻杂交优势品种的工作就一直没有获得成功。于是，很多人便知难而退，放弃了这一研究。"水稻没有杂交优势"似乎成了定论，水稻杂交也被视为禁区。

袁隆平则认为，如果在这一课题取得突破，将会有巨大的成功，因此，他一边教学，一边搞水稻杂交科研。

机遇从来只偏爱锲而不舍的追求者和有准备的头脑，袁隆平等待的机遇终于来到。

1960 年 7 月的一天，袁隆平照例下田观察，一蔸形态特异、"鹤立鸡群"的水稻植株引起了他的极大兴趣。因为它株型优异，多达 10 余穗，每穗有壮谷一百六七十粒，确实"与众不同"。从理论上讲，如果都种上这种水稻，亩产可超过 500 千克。他如获至宝般地将它照管起来，收获时得到了一大把金灿灿的种子。

第二年春，袁隆平满怀希望地把它们播到试验田里，不久秧苗发绿了、长高了，但出乎他意料的是，植株参差不齐，怀胎、抽穗、扬花、灌浆后成熟也很不一致，迟的迟早的早，没有一株性状超过它的前代。

袁隆平

开始，满怀希望的袁隆平感到懊丧，像泄了气的皮球，一屁股坐在田埂上想"难道这些分离退化稻株尽是没用的育种材料吗？"

袁隆平就是袁隆平——不会轻易认输的袁隆平，从不急功近利的袁隆平！此时，他并没有让失望把自己打垮，而是积极思考出现这种现象的原因。

忽然，袁隆平灵感来了，他由孟德尔－摩尔根遗传理论的分离规律观点想到，纯种水稻品种，它的第二代是不会有分离的，只有杂种第二代才会出现分离现象。

"对！"去年发现的稻株肯定是"天然杂交稻"的杂种第一代。

想到这里，袁隆平兴奋不已，因为这正是他梦寐以求的宝贝呀！既然自然界中客观存在"天然杂交稻"，那么，只要探明它的规律，就一定能够培育出人工杂交稻来；将这种优势应用到生产上，一定能大幅度提高水稻的产量！

事后39年的1999年，袁隆平这样跟一位记者描述那时的情景："当时我坐在田埂上，很苦恼，忽然灵感一发，现在这水稻是呈分离状态，而自交是不会有分离状态的，那它们的上一代——'鹤立鸡群'的那一代，就应该是天然的杂交稻，这岂不是说明水稻有杂交优势？"

正确的方向确立了，接下来的故事尽人皆知："三系"（指"雄性不育系""雄性不育保持系""雄性不育恢复系"）、"杂交水稻之父"、数不清的国内国际大奖、袁隆平品牌价值1 000亿元人民币、联合国粮农组织首席顾问……

袁隆平并没有在"三系"的成功面前停步。他从1987年起经9年研究，又于1996年研究出比"三系"增产20%的"两系法亚种间杂交种组合"。

现在，袁隆平的两大心愿是：研制成功"超级杂交稻"和把杂交稻新成果推广到全中国，走向全世界。

袁隆平的灵感方法来源于他的生物知识，来源于他对事业不懈的追求，也来源于他有准备的、善于抓住机遇的头脑，来源于他科学分析问题的方法。正如他自己所说，他成功的"秘诀"是八个字：知识、汗水、灵感、机遇。

蚊子会引起疟疾吗

——"直接观察"之后

对于疟疾（病），人们并不陌生，但对它漫长的研究，就鲜有人知了。

在意大利语中，"疟疾"一词实际上是"污浊的空气"；英语的Malaria（疟疾）由mala（坏）与aria（空气）这两个词根组成，也有"坏空气"的意思。这种认识没有完全走出原始的"神怪说"的泥沼，当然不科学，不过，在沼泽和疟疾之间确有特定的联系，这也是一种观察的结果。

疟疾是一种恐怖的疾病——甚至有人认为古罗马帝国灭亡的主因就是它引起的大规模死亡，于是有了"谈疟色变"一词。

拉弗兰　　　曼森

17世纪的医学界为了彻底弄清疟疾的病因，开展了实验性的调查研究。勇敢的研究者们自愿地喝了沼泽水，结果什么事也没发生。

到了19世纪下半叶，因为"研究原生物的致病作用"而独享1907年诺贝尔生理学或医学奖的法国军医、寄生虫学家查尔斯·路易斯·阿方斯·拉弗兰（1845—1922），来到阿尔及利亚进行疟疾等方面的研究。他从一个疟疾患者身上抽了一些血，经过1878—1880年的仔细工作，他在高倍显微镜下发现人体的血液中含有微生物。1884年，他发表的论文《疟疾发热的治疗》（*Traité desfièvres palustres*），对他在1880

年发现的这种微生物做了描述，并取名为"疟疾寄生虫"（parasite Oscillaria malariae，人们后来称为"疟原虫"——Plasmodium）——一种寄生虫，而不是此前人们猜测的细菌（所以对细菌有效的抗生素对疟疾无效）或病毒。同年，他还在巴黎出版了巨著《沼泽热及其致病的疟疾微生物》。接着，他又做了其他实验，结果证明：所有疟疾患者的血中都有疟原虫。其中，"热带医学之父"——苏格兰寄生虫学家、虫学家帕特里克·

《沼泽热及其致病的疟疾微生物》

曼森（1844—1922）教授关于丝虫病的发现给了拉弗兰很大的启发：既然丝虫可以在蚊虫体内发育，那么疟原虫也可能存在类似的发育阶段。1906年诺贝尔生理学或医学奖的两位得主之一——意大利神经解剖学家、神经组织学家和病理学家卡米洛·戈尔吉（1843—1926，因为"神经系统结构方面的研究"得奖），则在拉弗兰的工作基础上，进一步查明了疟疾中的"隔日疟"和"三日疟"的病原微生物不是一种疟原虫，而分别是隔日疟原虫与三日疟原虫这两种。后来，人们才知道还有另外两种：引起恶性疟的恶性疟原虫，以及引起卵圆疟的卵形疟原虫。

人们对这个结果并不完全满意，因为仍然不知道是谁把疟原虫带入人体的。于是，开始了另一项不同的研究：既然疟疾与沼泽有联系，那为什么不可以填平沼泽，来看看疟疾是否也随之消失呢？

这样，有的沼泽水被抽干。如预料的一样，疟疾的发病率大大降低，甚至完全消失。

戈尔吉

难道疟原虫就在沼泽水里吗？如同两个世纪前实验的结果一样，答案也是否定的，因为又有人自愿喝了沼泽水，结果并没有患上疟疾。

那么，罪魁祸首到底是谁呢？如果是疟原虫，那它又是怎么进入人体的呢——吃进去的？呼吸进去的？

1883 年，美国医生爱·爱佛·爱·金（A. F. A. King）列举了 20 项观察结果，表明蚊子是引起疟疾的一个因素。用今天的眼光来看，这些观察结果是微不足道的，但在当时却是疟疾的病因研究史上的里程碑。这些观察结果是：①户外睡的人比室内睡的人更容易得疟疾；②在无破损帐子里睡的人比不用帐子睡的人更不易得疟疾；③靠近烟火堆睡觉的人不易得疟疾……

所有这些，使爱·爱佛·爱·金确信蚊子和疟疾有关。得到赞许的他，却谦虚地说："这些论据，虽不足以用来证明此假设，却足以用来推动和鼓励观察和实验，而通过观察和实验，研究者们所持的观点是真理还是谬误将会得到证实。不管哪一结果，都将成为探索路上的一大步。"实际上，他在这里告诉了人们：科学的进展，就在于不断探索，发现真理，消除谬误。

不过，爱·爱佛·爱·金的理论不能为大多数人接受，因为它是建立在推理而不是实验基础上的。

1895 年 7 月，英国军医、寄生虫学家罗纳德·罗斯（1857—1932）爵士，从英国乘轮船历经大西洋、印度洋，抵达被火热的太阳烘烤着的印度——南亚次大陆正流行疟疾病。经过 3 年的研究，罗斯提供了蚊子携带的疟原虫就是传播疟

罗斯

疾的罪魁祸首的实验证明。他的相关研究的论文，于 1897 年 12 月 18 日发表在英国的《医学》杂志上；而出生印度的罗斯最初的简单问题就是：疟原虫是否能在叮吸了疟疾患者的血的蚊子中发现。

罗斯按照计划，让一只蚊子叮了一个疟疾患者。几天后，他用高倍显微镜显示了疟原虫在蚊子胃里繁殖的情形。

这是一个非常关键的突破。如果他仅仅发现疟原虫是在蚊子的胃

里，那么这个发现或许不值一提。问题是，他看到疟原虫在繁殖——这就说明，蚊子的胃是疟原虫的天然住所之一。

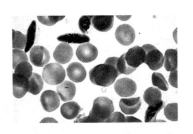

显微镜下的疟原虫：深色为恶性疟原虫有性阶段——配子体；红色圆形为红细胞

下一个逻辑性的实验，应该让带有疟原虫的蚊子去叮健康的人；但是医生们不愿这样做，因为"后果很严重"。罗斯就用麻雀来做实验。当日益衰弱的麻雀的血被抽出来检验时，罗斯发现麻雀体内已充满了疟原虫。

然而，罗斯的实验还是有一个缺陷。麻雀体内的疟原虫，并不完全和人体内的疟原虫相同，尽管两者很相似，但它们是不同的种类。

蚊子是疟疾的传播者的假设，最终只能通过直接在人体上做实验才能得到确证。这一步骤，于1897—1898年（研究疟疾的工作始于19世纪70年代末）由意大利医生、动物学家乔瓦尼·巴蒂斯塔·格拉西（1854—1925）和他的同事完成。这样，他们提供了人类研究疟疾的病因发展过程中最后缺少的一环。

于是，罗斯就以"对疟原虫的研究"成为1902年诺贝尔生理学或医学奖的唯一得主。不过，由站在拉弗兰、曼森、格拉西等"巨人肩上"的罗斯独享，却引出了极大的争议：不少科学家都认为，格拉西应分享这一年的该奖。

格拉西

人们终于弄清，是蚊子，而不是它的藏身场所或沼泽，传播了疟疾。这种说法是经过了几个世纪才被认定的。

从对疟疾的漫长研究过程中，我们可以感受到直接观察法、间接观察法、实验验证法、逻辑推理法、逐步逼近法等科学方法的魅力。

千万别认为对疟疾的研究已经到了"终点"，其实前方长路漫漫。

例如，"最简单的问题"也没有彻底解决——怎样更有效地用简单的方法防蚊虫叮咬。虽然有无数声称是"有效"的办法——蚊香、驱蚊水、驱蚊片、抹芦荟的汁液或香水等，但都不尽如人意。

又如，即使科学发展到今天，人类还不能彻底根除疟疾。虽然疟疾已在20世纪50年代几乎被根除，但据世界卫

能提取奎宁的金鸡纳

能提取青蒿素的黄花蒿

生组织报告，仅1967年一年，全球共发现2.5亿疟疾感染病例，其中超过100万人死亡；仅2010年一年，全球也还有2.07亿疟疾感染病例，其中62.7万人死亡（其中77%是五岁以下的儿童）。据美国疾病防控中心在2014年发布的数据，全球约有33亿人（接近占2013年全球大约的总人数70亿的一半）依然面临疟疾再次入侵的危险！看来，继"明日黄花"奎宁（即金鸡纳霜）之后的新秀——"屠呦呦们"的青蒿素等，还得加把劲！中国科学家屠呦呦（1930—　）是2015年诺贝尔生理学或医学奖的三位得主之一。

再如，疟原虫究竟是怎样进入有性阶段的？这个困扰着疟原虫生物学界的问题，科学家们一直迷惑不解。直到2014年，国际上两个独立的研究小组才揭示出其中的奥秘。原来，疟原虫发育成为有性阶段的雌雄细胞（这种阶段的疟原虫称为配子体）的过

蚊子吸血后，如果吸的血包含配子体，那么这些疟原虫会在蚊体内发育；数天后，如果感染疟原虫的蚊子再次叮咬他人，就会把疟原虫传播给被叮咬者

程，受到一个主要基因开关的控制。这项发表在当年英国《自然》杂志上的发现，对人类健康非常重要——将有助于有性阶段疟原虫疫苗（至今还没有这种疫苗）的研发。

我们期待着罗斯、拉弗兰、发明可用于灭蚊的DDT（滴滴涕，独

享 1948 年诺贝尔生理学或医学奖，但后来发现 DDT 对自然环境造成了灾难性的破坏）的瑞士生化学家米勒（1899—1965）、屠呦呦之后的下一个诺贝尔生理学或医学奖得主，有发明灭绝蚊虫（全世界已知约 3 150 种，大致分为按蚊、库蚊、伊蚊三大类群）

《肘后备急方》、提取青蒿素、屠呦呦及其团队、青蒿素的化学结构式

与灭绝疟原虫的药物和疟疾疫苗的重大成果，站在彻底制服蚊虫、疟原虫、疟疾的领奖台上，让疟疾像天花那样"永世不得翻身"！

最后，简介一件研究疟疾过程中的趣事——"施疟"治疗梅毒。奥地利精神病学家朱利叶斯·瓦格纳·尧雷格（1857—1940）的绝活不是治疗疟疾，而是用疟疾治病！1917 年，他向神经梅毒患者体内输注疟疾病人的血液，利用疟疾的高热杀死梅毒螺旋体，再用奎宁治疗疟疾。在抗生素还没有正式用于临床的 1917—1940 年，他的方法

瓦格纳·尧雷格

把四期梅毒的生存率从不到 1% 提高至 30%。这一成果让他独享了 1927 年的诺贝尔生理学或医学奖。

于是，在"疟疾'诺奖'史"上，除了罗斯、拉弗兰、米勒、屠呦呦这四位，又还有第五位——"以毒攻毒"的"另类疟疾诺奖"得主瓦格纳·尧雷格。

小孩玩水与数学计算
——血液循环说的创立

月黑风高，正是强盗出没之时。17世纪的一天黑夜，就曾有几个盗尸的"强盗"。

巴黎郊外离法国总监狱不远的一片荒地上，是官方处决犯人的刑场。高高的绞刑架上，悬挂着一具具犯人的尸体，野狗在地上串来串去，空气中弥漫着令人恶心的尸臭，景象使人毛骨悚然。一天夜里，一辆马车急驶而来，接着跳下几个年轻人，他们用棍棒驱走野狗，爬上绞刑架解下尸体装入布袋，放入马车，驱马拉车急驶回城……

盗尸者是谁？他们是为钱？为利？还是……

其中一位盗尸者，就是后来名扬四海创立血液循环说的英国医学家、解剖学家和生理学家威廉·哈维（1578—1657）。

哦，盗尸是为了医学研究！那为什么不公开取尸呢？原来，解剖人体是当时的宗教所绝对禁止的，于是才出现了黑夜盗尸的一幕。

盖伦　　　塞尔维特

哈维盗尸解剖人体究竟要研究什么？难道在他之前人们没有研究过人体么？

古代最伟大的医学家、解剖学家盖伦（约130—约200）认为，血液产生于肝脏，存在于静脉之中，进入右心室后由室壁渗透流入左心室，经过全身并在周身耗尽。他的权威地位，使他的基本上不正确的血液流动说持续了1 000多年。直到16世纪，西班牙医生、生理学家塞尔维特（1511—1553）才发现了血液从右心室流到肺，再由肺送回左心室的循环过程。

血液究竟是怎样在全身流动的，原动力又来自何处等一系列问题，成了哈维终身研究的课题。

经过 30 多年的研究，哈维终于 1628 年创立了血液循环学说。

那么，哈维是怎么创立血液循环学说的呢？他是在先取得实验数据，再经过科学思考之后这样具体计算的。他测出正常人的心脏每分钟跳动 72 次，估计每次跳动的排血量约 2 盎司（约合 56.7 克）。用简单的乘法，就算出每小时约有 540 磅（约合 245 千克）血液从心脏流出来，再进入主动脉。这 245 千克远远超过了一个正常人的整个质量，更超过了血液本身的质量——这个质量明显小于人体质量。这显然只有用血"循环"而不是前述盖伦的"周身耗尽"才能加以解释——否则 245 千克的血是从哪里来的呢？

哈维能创立血液循环说，除了其他条件，还与他使用数学计算方法进行逻辑推理有关。他发现真理的科学方法，也值得后人学习和借鉴。

数学计算方法有时会有下面这种意想不到的奇效。

哈维

美国小伙子洛克菲勒（1839—1937）初进石油公司工作时，既没有学历，又没有技术，因此被分配去检查石油罐有没有自动焊接好。这是人们戏称为"3 岁小孩都能做的工作"。

半个月后，洛克菲勒忍无可忍，他找到主管，申请改换其他工种，但被拒绝。他无计可施，只好重新回到焊接机旁——既然换不到更好的工作，那就下决心把这个工作做好再说。

于是，洛克菲勒开始认真观察焊接质量，并仔细研究焊接剂的滴速和滴量。他发现，当时每焊接好一个罐盖，焊接剂要滴落 39 滴，而经过精确计算，实际只要 38 滴就可以了。

经过反复测试、试验，最后洛克菲勒终于研制出"38 滴型"焊接机。用这种焊接机，每只罐盖比原来节约一滴焊接剂。可是，这一年下来却为公司节约 5 亿美元的开支！

就这样，洛克菲勒就此迈出日后成功的第一步，直到成为声名赫赫的世界石油大王、慈善家。

防腐剂变消毒剂
——李斯特这样"移植"

1861 年，英国医学家约瑟夫·李斯特（1817—1912）成为格拉斯哥皇家医学院的一名外科医生。当时医院里许多手术后的病人，即使在很干净的病房里也会因伤口感染化脓腐烂而死亡。这是什么原因呢？许多医生认为这是医院内外存在的一种"瘴气"引起的，但这一解释不能使李斯特满意。

李斯特

1865 年的一天清晨，金色的阳光破窗而入，李斯特偶然发现薄雾似的尘埃在阳光照耀下，在病房的空中飞飞扬扬。这使他突然领悟到，微小的细菌一定是混杂在飞扬的尘土中进入暴露的伤口的。他还领悟到，与伤口接触的纱布、绷带、棉花、手术刀等也会沾上看不见的细菌。那么，用什么药物可以杀灭这些细菌呢？

李斯特想到了用于防腐的石碳酸（苯酚）。

于是，他将石炭酸喷洒在空气中，并用它洗手和清洁医用器械。这一招果然灵验，结果大大增加了伤口的愈合率，减少了伤口化脓感染和病人的死亡率。李斯特终于发明了石炭酸消毒法，这一方法沿用至今。

为什么李斯特会想到细菌是使伤口感染化脓腐烂的原因呢？

原来，在 1865 年，李斯特就读到法国化学家、微生物学家巴斯德（1822—1895）的一篇论文，学到了许多有关疾病方面的细菌学知识：

疾病感染或有机物的腐烂是由细菌引起的。这样，防治的方法就是在细菌进入暴露的伤口之前就把它消灭。那么，细菌又是从何处如何进入伤口的呢？用什么药物可杀灭细菌呢？头脑中盘旋着这些问题的李斯特，在看到阳光照射尘埃的时候，当然就会有前面的领悟了。

1874 年，李斯特还给巴斯德写了一封热情洋溢的感谢信："请你允许我趁这个机会恭恭敬敬地向你致谢，感谢你指出细菌的存在是腐烂的真正原因。根据这唯一可靠的原理，才使我找出了防腐的方法。"在 1892 年，当巴斯德 70 寿辰的时候，李斯特还特地从英国赶到法国巴黎，向这位杰出的科学前辈祝贺、致谢。

李斯特第一篇杰出的灭菌学论文发表于 1867 年，但他的观点并未立即被人接受。到他尽享天年之时，即 19 世纪末和 20 世纪初，他的灭菌原理才在医学界被普遍接受。

李斯特的发现使医学外科学领域发生了彻底的革命。这不但挽救了千百万手术病人的生命，还救活了这样的病人：如果被感染上细菌的危险性还像他不做手术的危险性一样大的话，他们是不愿做这样的手术的。李斯特的发现，还挽救了那些因危险性大而被列为禁区手术的病人的生命。例如开胸手术，在消毒法发明之前一般是不敢做的，因为即使手术成功，也十有八九会因细菌感染而导致病人死亡。

对于李斯特的发现所用的科学方法，出生在澳大利亚的英国动物病理学家贝弗里奇（1908—2006）指出："移植是科学研究中的一种主要方法，也许是最有效、最简便的方法，也是应用研究中运用最多的方法……李斯特移植了巴斯德证明腐烂是由细菌造成这一成果，发展了外科手术的消毒法。"

将一个学科中已经发现的理论知识——新的原理和技术，以及行之有效的研究方法移植到其他学科中去，为解决其他学科中存在的疑难问题提供启发和帮助，促使科学研究得到新的进展，这种方法就被称为移植方法。

移植方法是灵感（顿悟）思维方法之一种。

移植方法大致分为 4 种：①同一学科中不同方法的移植，从而发现新方法。如笛卡儿的解析几何，是综合、融汇代数与几何而产生的新的数学方法（和学科）。②不同学科、不同理论方法的移植，从而产生新学科。如生物、物理等新兴学科，就是分子生物学与化学、物理学的交叉。③不同研究领域的实验仪器、实验技术的移植，形成新的分支。如医学中光学显微镜的应用，促进了细胞病理学的产生。④一个学科领域移植到另一个学科领域，产生了新的理论。如控制论就是多学科的综合。

贝弗里奇还认为："移植方法，这也许是科学研究中最有效，最简便的方法，也是在应用研究中运用最多的方法。"

杂志中寻得无价宝
——从"锥虫红"到"606"

在 19 世纪，梅毒之类的性病和锥虫病疯狂肆虐，威胁着人类健康，药物学家们为此绞尽了脑汁，但依然一筹莫展。

化学治疗在 19 世纪后半叶已经开始在医疗上使用。一些从植物中提取的药物——如奎宁、吐根、洋地黄、吗啡、颠茄已为人们所熟知；一些化学合成药物——如水杨酸化合物即阿司匹林类药物，也根据医生的实际运用，在临床上取得了镇痛解热的效果。

德国药物学家、细菌学家、免疫学家保罗·欧立希（1854—1915）早就产生了化学治疗的念头——制造对人无害而又能杀死病菌的化学药物。他坚定地说："我们必须用神奇的子弹去消灭它!"

当欧立希观察到用苯胺染料可染色，而许多细菌的着色能力比染料强时，这就启发他从染料中找寻杀菌药物；但他用染料来杀灭锥虫的试验却屡遭失败。

1907 年的一天，欧立希偶然在一本化学杂志上读到一篇文章，说在非洲流行着一种可怕的"昏睡病"——当锥虫进入人体血液大量繁殖后，人就会长期昏睡而死；当用染料"锥虫红"（阿托什尔）治疗时，可杀死锥虫而救活病人，但病人会双目失明，这个结果仍让人很悲惨。这篇文章启发了欧立希。他想，阿托什尔是一种含砷的毒物，能不能改变它的结构，使它只杀死锥虫而不伤害人的视觉神经呢？

在这种思想指导下，欧立希与留学德国、在实验室工作的日本学生（后来成为细菌学家，曾被 1911 年诺贝尔化学奖和 1912 年、1913

年诺贝尔生理学或医学奖提名）秦佐八郎
（1873—1938），一次又一次地进行艰苦的试验
研究，有一次甚至连续试验了五天五夜未合一
眼，但都没有成功。

1908 年的一天，欧立希又看到一篇关于分
离引起疟疾的疟原虫的详细报告［意大利医
生、病理学家阿米科·拉贝兰（1862—1929）
在 19 世纪 90 年代写的］，对他的试验研究很
有启发。

两位博士在研究"606"：
欧立希（左）、秦佐八郎

经过 605 次失败之后，欧立希等终于在
1909 年研究成功了编号为"606"的药物，即
砷凡纳明（arsphenamine，原有的化学名是二
氨基二氧偶砷苯），也称洒尔沸散（salvar-
san）——意思是"安全的砷"。"606"这一名
称是后来制药厂问欧立希如何取名时，欧立希
取的。

拉贝兰

从此，梅毒不再是绝症，霎时欧洲各国制药厂都争着要生产这种
扑灭梅毒的注射剂。欧立希也因"对免疫性和血清疗法的研究"，与俄
国动物学家、免疫学家、病理学家梅契尼科夫（1845—1916）共享
1908 年诺贝尔生理学或医学奖。

在后来的 1912 年，欧立希等又把"606"改进为毒性更小的
"914"。他们的发明，不但挽救了无数昏睡病人和梅毒病人的生命，而
且还开辟了合成化学药物的新时代。

这个故事还充分说明读者的见解与论文的精辟阐述相结合是何等
重要。论文的精华，只有经过一番浓缩、分析、比较、抽象的加工后
才能抓住。有的放矢、带着问题学习的人，才有可能提出自己的正确
见解，因为他对这个问题思索已久，脑海里储存了许多有关的信息，
大有盘马弯弓，一触即发之势。如果欧立希没有长时间思考消灭锥虫

的问题，那么，论文写得再好，也不能激起他智慧的浪花，只会消失在茫茫无际的"文海"之中，直到另外的人发现它的价值为止。由此可见，灵感确实是一个"不肯拜访懒汉的客人"。

这个故事充分说明"读书"和"广泛涉猎"的重要性。欧立希主要研究的是性病，但对其他医学书也研究得很透彻——他至少读过 1 万本书！正因为他具有看起来似乎与性病无关的知识，所以当他看到有关文献时，才豁然开朗……

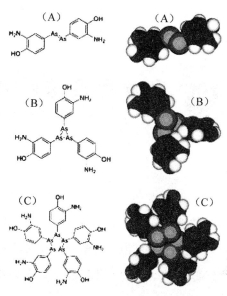

"606"的结构式　　"606"的球棍模型
"606"的结构式与模型：原有的认识——类似二聚偶氮苯（A）；2005 年发表在德国《应用化学》（Angewandte Chemie）杂志上的质谱研究结果——三聚体（B）和五聚体（C）的混合物

这个故事充分说明资料检索方法的重要性。

要能很好地应用资料检索方法，就必须正确地进行资料收集和情报整理。按照美国创造工程学专家、发明家亚历斯·费肯·奥斯本的意见，不但要收集和研究课题相关的资料，也要有意识地去探求仿佛完全无关的资料——这与欧立希不谋而合。

"606"和"914"的发明，还用了逐步逼近法——每失败一次，只要认真总结，就是向成功逼近一步。可以看出，"逐步逼近"既是一种科学方法，又是一种科学信念，而这种信念对于我们克服急躁情绪，培养循序渐进的健康心理大有裨益。

白喉免疫法的发明
——莱夫勒大胆假设之后

"想象是诗人的翅膀，假设是科学家的天梯。"德国大诗人歌德（1749—1832）说。科学家们经常通过假设走向成功——歌德的同胞、德国细菌学家弗里德里希·奥古斯都·约翰内斯·莱夫勒（1852—1915）就是那样成功的。

白喉病为何致人死于非命？医学家们一直没有答案。

莱夫勒

19世纪研究白喉的早期，莱夫勒做了给动物注射白喉杆菌的实验，结果实验动物死了。实验动物为什么死亡呢？他通过仔细观察，发现白喉杆菌仍然停留在注射点附近。于是，他大胆地提出了假设：导致动物死亡的"元凶"是细菌的毒素。

在这里，莱夫勒用了假说方法。

当然，莱夫勒之所以能提出这样的假说，显然得益于他对"细微"的不懈观察。"人们猜想：对大自然最细微的超出常规的现象十分注意，并从中受益，这种罕见的才能，是否就是最优秀的研究头脑的奥秘？是否就是为什么有些人能出色地利用表面上微不足道的偶然事件取得显著成果的奥秘？"对此，英国医生艾伦·格雷格（Alan Gregg，1890—?）评论说，"在这种注意的背后，则是始终如一的敏感性。"

后来，法国细菌学家、医生皮埃尔·保罗·埃米尔·鲁克斯

（1853—1933）根据莱夫勒的这一假说做了大量的实验，企图证实细菌培养液中的这种毒素。可是，他的努力始终没有成功。

尽管如此，鲁克斯仍然坚信这一假说。最后，他孤注一掷，给豚鼠注射了 35 毫升的大剂量培养液的滤液。奇怪的是，这只豚鼠在注射了如此大量的滤液后，居然没有立即死亡——只是过了一些时候，这只豚鼠才因为白喉菌中毒死亡。

鲁克斯确认了这一实验的效果之后，经过研究很快就发现，豚鼠在注射了培养液滤液之后没有马上死亡，是培养液中细菌培养的时间不够，产生毒素不足所致。增加细菌培养的时间就能制成毒性很强的滤液，从而用于预防白喉。

这一发现催生了预防白喉的免疫法，并使抗白喉血清成为世界上第一种治疗白喉的有效药物。

这样，德国的莱夫勒的假说，就被法国的鲁克斯证实了。

正是："'假'起德意志，'真'落法兰西。想象是翅膀，假设是天梯。诗人留箴言，邻居通灵犀。"

此前和后来，医学家们还发明了防治天花病、炭疽病、狂犬病、流行性斑疹伤寒病、霍乱病、白喉病、破伤风病、脊髓灰质炎病（俗称小儿麻痹症）、流行性感冒、麻疹、结核病等的疫苗。1988 年，日本医学家藤本重义、桔川桂三研究出世界首创的癌免疫法——CTL 疗法，并在晚期癌症患者的临床试验中取得成功。

依据已知的科学知识和收集到的感性材料，经过科学抽象和逻辑推理，对所研究的目标做出初步的推测性的设想。这种设想尚未经过实践检验，还只是一种假说。如果后来的实践证明它是正确的，那么，它就由假说上升为科学理论；否则，就需要进行修改，以提出新的假说，直至达到目标。这种科学方法就是假说方法。

假说是抽象（逻辑）思维方法中的一种重要方法。除了一些偶然发现，许多重大的发明和发现，都是运用假说方法取得的。用恩格斯的话来说，就是："只要自然科学在思维着，它的发展形式就是假说。"

有胆量提出新的假说，才可能有所突破。这正如牛顿所说："没有大胆的猜测，就做不出伟大的发现。"

建立假说不但有用，而且是科研中的一种创新的乐趣。神经外科的先驱——英国外科医生和生理学家威尔弗雷德·巴滕·刘易斯·特罗特（1872—1939）就说过："在科学上，假说的主要职责与其说是'真实'，不如说是有用又有趣。"

运用假说方法的时候，要重点注意：①假说要受到检验才能证明其科学价值；②检验假说正确与否需要时间——有的假说至今也没有得到证明，我们不必心急如焚；③有些假说既有部分真理也包含谬误；④要明智、果断地放弃与客观事实不符，甚至有时是自己钟爱的假说。

巴斯德"忙里偷闲"
——鸡霍乱疫苗这样诞生

法国化学家、微生物学家巴斯德（1822—1895）的"忙"是出了名的。1849年，他结婚那天也跑到实验室里做实验，害得朋友们到处找他。1865年，法国南部阿雷斯蚕区发生蚕病，他被派到那里工作了3年，经常每天工作18小时。1880年，不到60岁的巴斯德已因操劳过度而积劳成疾、头发花白、半身不遂。

就是这样一位终身勤奋的科学家，也有为数不多的"偷得浮生半日闲"的时候。有趣的是，这一"偷闲"，却引出了一项重大成果的诞生。

鸡霍乱是家禽的一种传染病，这种病会使家禽迅速死亡。患这种病的鸡有一些非常特殊的症状，其中包括昏睡和缺氧症，缺氧症使鸡冠失去鲜红的颜色。法国兽医、细菌学家让·约瑟夫·亨利·陶塞恩特（1847—1890）已经证明，鸡霍乱与一种特殊微生物有关，在病禽的血液中很容易发现这种微生物。

自从巴斯德帮助解决了葡萄酒"莫名其妙变酸"这一问题，并发现乳酸杆菌之后，他就在探讨一个普遍性的观点——发酵和疾病是否都是由微生物引起的。于是，他着手进行一项实验计划，想得到鸡霍乱病中的那种微生物的纯培养物，然后用它给鸡注射。这样，他就可以证明鸡霍乱是否确实是由那种微生物引起的。他用鸡肉汁作培养基，成功地培养出那种微生物。还通过实验证

陶塞恩特

明，假如每天都制取新培养物，那么，即使经过多次培养繁殖之后，那种微生物仍然能保持它的毒性，能置鸡于死地。

　　就在这时，巴斯德"忙里偷闲"了。1879 年 7—10 月，他回到他的家乡阿尔布瓦度暑假。临行前，他把最后剩下的鸡肉汁培养物丢在实验室里，这些培养物是接种了鸡霍乱菌的。

　　10 月，巴斯德回到实验室，这些培养物仍在那里。他就给健康的鸡注射了一些这种放置了近 3 个月的旧培养物，开始重新进行他原来的实验。

　　奇怪的事情发生了。巴斯德惊奇地发现，这些鸡并没有因此染上霍乱病，而一直健康地活着。在对每个环节进行了仔细的检查后结论出来了：这种放置近 3 个月的培养液已经失效。既然失效，照理说重新用鸡肉汁培养新细菌再试验就行了，但这时巴斯德头脑中却突然闪过一个新的念头：何不利用这次误注射了失效培养液的鸡继续进行试验呢？对于接种过失效培养液仍健康活着的鸡，再注射新鲜培养液又会怎样呢？

　　试验按这些计划再次进行。

　　巴斯德的实验室助理和同事——法国微生物学家、化学家埃米勒·杜克劳克斯（1840—1904）描述了实验的结果："使大家吃惊的是，几乎所有注射过失效培养液的家禽都经受住了这次接种，而未注射过失效培养液的家禽则在接种新培养液后，经过通常的潜伏期而全部死去。这一点连巴斯德自己也大吃一惊，他也没有预料到这样的成功。"

杜克劳克斯

　　是的，巴斯德怎么也没有想到会有这样奇怪的成功：注射了失效培养液的鸡不再被新培养液中的鸡霍乱菌感染。于是，他在存有很大戒心的情况下宣布了这一发现："通过简单地改变一下这种寄生物的培养程序，即在相继的接种之间插入一个较长的时间间隔，我们已经找到一种使它的毒性逐渐降低的方法，最后得到一种疫苗病毒，它会引起轻微的疾病，由此可以防止致死的疾病。"

　　这就是病毒"减毒作用"的发现。原来，前述经过近 3 个月放置的旧培养物并非完全失效，不过是毒性被减弱而已，而用这种毒性被减弱了的培养物预先注入鸡的体内，鸡就不再会感染上致命的霍乱病。这种预防疾病的方法，叫"减弱病原体免疫法"，简称"免疫法"；而这种毒性被减弱了的培养物则被称为"疫苗"。

为什么培养物经过较长时间的放置后毒性会减弱呢？由于巴斯德一直很注意氧气在发酵过程中的作用，所以他立即想到，培养物放置较长时间之后，毒性被减弱的原因是由于长期接触氧气。即"时间"仅仅是表面原因，本质的原因是氧气的作用。为了证实这个观点，他又做了对比试验。他把有毒性微生物的培养物分成两批，一批密封在试管内，另一批放在敞口瓶中。经两个月后，发现"密封的培养物的毒性仍然与原来一样。至于那些敞在空气中的培养物，它们或者已经死去，或者是毒性已经减弱了"。

那为什么这些有毒微生物经不住氧气的"袭击"呢？这是由于它们是"厌氧菌"的缘故。可惜的是，巴斯德虽然实际上已经发现了"厌氧菌"，但却没能指出它们如此"不堪一击"的真正原因。

巴斯德用到的对比方法，是通用科学方法中非常重要的一种。他发明的不仅是鸡霍乱的防治方法，而且是更重要的、由此诞生的"免疫法"。事实上，也用到对比方法的炭疽病（对人和诸如牛羊等在内的严重疾病）免疫法，也是巴斯德等人发明的。

防治炭疽病的重大且著名的试验是巴斯德安排的布伊拉堡（Pouilly-le-Fort）试验。担任这次公开试验的组织者是罗西格诺尔（A. M. Rossignol），他曾一度是巴斯德的批评者。1881 年 5 月 5 日，试验人员给 24 只绵羊、1 只山羊、6 头牛注射了减毒的炭疽病菌品系。5 月 31 日，上述 31 头种过疫苗的牛羊和另外 29 头未种过疫苗的牛羊注射了有毒的炭疽病培养物。到 6 月 2 日，种过疫苗的 31 头牛羊全部健康如故，而未种疫苗的 29 头牛羊中的羊全部死去，牛则疾病沉沉。试验后，这种方法迅速传遍英法。由巴斯德的"工厂"大量供应这种疫苗。在德国，虽然巴斯德受到德国细菌学家科赫（1843—1910）的忌妒和恶毒攻击，但是由于德国农场主的积极活动，德国农业大臣最终还是同意引进这种疫苗。

其后，巴斯德又将免疫法推广到人体：1885 年，他轰动全世界的狂犬疫苗也获得成功。

巴斯德发明免疫法用的是机遇方法。当然，面对机遇也得要"有准备的头脑"。

"家传秘方"与孩子游戏
——叩诊法和听诊器的发明

我们有时会看到医生用手轻轻叩击病人的胸腔或腹腔部位，从发出的声音来帮助诊断疾病。这种方法叫叩诊法。

叩诊法的发明人是奥地利医生约瑟夫·利奥波德·奥恩布鲁格，即利奥波德·冯·奥恩布鲁格（1722—1809），而他的这一发明来自他家的"家传秘方"。

18 世纪的一天，奥恩布鲁格给一个病人诊治疾病，但直到这个病人死了，都还没有找出病因来。他为此痛心不已。后来，为了弄清死者的死因，他进行了尸体解剖。切开死者胸腔一看，里面积满了脓水。啊！原来是胸腔化了脓。

奥恩布鲁格与妻子玛丽安

那如何在以后能事前诊断出这种脓胸疾病呢？能不能不打开胸腔就可以"看"到脓水呢？他苦苦思索，忽然想到了"家传秘方"。

原来，奥恩布鲁格的父亲是一位酒商，他年幼的时候经常看到父亲用手指上下叩击木制酒桶的侧面，从酒桶发出的声音来了解桶内是否有酒，或大致有多少酒。他由这一"家传秘方"联想到脓胸病人：病人的胸腔不就像木桶吗？既然可以用手叩击木桶听发声来判断酒桶内的情况，为什么不能用叩击胸腔的方法来了解病人胸腔内的状况，进而诊断病情呢？

经过反复观察、长期试验，他终于发明了叩诊法。这种方法不但可以诊断脓胸，也可诊断出胸腔内的多种其他疾病，还被推广用于腹腔。

叩诊法实际上并不仅限于医学上诊断疾病，还广泛用于各个领域。有经验的工人师傅用小锤轻敲机车或其他机器，就能通过听声音判断其有无故障或故障部位。抹砂浆的墙体也能凭轻敲表面听其声音来判断内部是否密实、有无空洞等。

因为发明了叩诊法，奥恩布鲁格被誉为现代医学的创始人之一。

类似的故事还有一个。

勒内·特奥普勒·哈钦特·雷奈克（1781—1826）是法国的一名颇有造诣的医生。1816 年秋的一天，他去为一个姑娘看病。当时的诊病方法是，医生把耳朵贴在病人胸部来听肺部的声音是否异常，但姑娘很胖，加之雷奈克生性羞怯，致使他不能使用这种方法。

雷奈克

怎么办呢？这时，雷奈克回忆起自己曾看到一些小孩子们在跷跷板的一头听，一些小孩用小石头等物在另一头刮擦或敲击，虽然两头距离很远，但这一头的小孩仍听得到很清楚的声音。于是，他受到启发，找来一叠纸卷成圆筒，罩在姑娘胸部听。他惊异地发现，用这种方法比以前直接用耳朵贴着胸部听时声音更清楚。这就是原始的听诊器。

后来，雷奈克又改用雪松木和乌木管制作听诊器，它筒长 30 厘米、外径 3 厘米、内径 5 毫米，效果也很好。他进一步研究改进之后，终于在 1819 年发明了喇叭形象牙管的听诊器，两根柔软管子连着听筒。他还于同年写了专著《间接听诊法》。

奥恩布鲁格发明叩诊法和雷奈克发明听诊器，用的是类比法。

类比法引出的科技发明不计其数。人们由珍珠是异物进入蚌肉内形成的事实，用碎粒嵌入蚌肉内大量生产人工珍珠。医学工作者由此得到启发，进行类比：既然稀少名贵的天然牛黄是牛胆囊混进了异物，那为什么不能把异物塞到牛胆囊中生产人工牛黄呢？于是大量生产人工牛黄的方法应运而生。

老鼠与鸡蛋
——人造血和捶结术的发明

 1966 年的一天，美国科学家利兰·克拉克和往常一样，在辛辛那提医学院的医学研究实验室里做实验。突然，一只做实验用的老鼠从笼子里逃了出来，在逃窜时偶然掉在一个装有氟碳化合物液体的容器中。他慌忙去捞，捞了好久才把它捞上来。他原以为老鼠必将被淹得半死，可他却发现，它并没有奄奄一息，而是抖了抖身上的液体便逃窜而去。

 他觉得很奇怪：为什么它会长时间离开空气而生存下来呢？为了进一步的证实和研究，他又取来一些大白鼠淹在前述容器内，并将氧气通过管子通进液体内。结果这些老鼠竟存活了两个多小时而未死去。原来，这种氟碳化合物名叫二氟丁基四氢呋喃，其溶氧能力约为水的20 倍，所以有充足的氧气供老鼠呼吸生存。克拉克由此得到启发，既然这种物质的溶氧能力这么强，可以用它携氧作"人造血"么？接着，他又对此进行了进一步的实验和研究，以便制得适合人体需要的人造血。

 克拉克所用的这种氟碳化合物有毒性，还不能用于人体。当这一消息被日本医生内藤良一知道后，就专程去美国拜访了克拉克，了解有关详情。内藤良一回国后，便和大阪市绿十字医院的同事们一起，进行了数百次试验研究，终于 1978 年研制成功了人造血——氟碳乳胶溶液（FDA）。它是一种乳白色胶体。内藤良一首先在自己身上输入50

毫升，并无不良反应。最终于 1992 年 2 月，他们宣布制造人血取得成功。

人造血的成功，得益于移植方法。

移植方法还使匈牙利布达佩斯工艺美术学院教授埃尔诺·鲁比克（1944— ）"一夜"暴富——他在 1974 年发明的"魔方"曾风靡全球，获得过 1980 年 9 月 18 日在德国埃森颁发的"1980 年最佳游戏发明奖"。

曾风靡全世界的魔方

他是将他研究的一个新建筑模型——"鲁比克模型"，移植到玩具中做出这一发明的。

牛唾液里的秘密
——秃头是这样长发的

在 2001 年，有一条有趣的新闻：英国一位牛奶场的场主在喂养奶牛时，他的秃头上沾了不少饲料粉末，当他弯腰倒饲料的时候，一头花母牛出其不意地用舌头舔吃了他秃头顶上的饲料粉末。几个星期之后，他突然发现，已光秃 20 多年的头顶竟长出不少头发。

这一消息很快传到欧洲其他国家，于是"牛舔头"治秃头的方法应运而生。在德国，就有人抓住这个机遇，专门开办了这种医疗点。由于疗效显著，来治疗的人络绎不绝，医疗点赚了大钱。

为什么"牛舔头"可以治秃头呢？

原来，科学家在 20 世纪后半叶就发现，动物唾液中有一种表皮生长素，它是由 50 个氨基酸组成的多肽类物质，是一种能促进细胞新陈代谢，有助于机体细胞发育与分化的生长因子。这一发现当时曾震动过世界医学界。

不过，"牛唾液治秃头"的首创权应属中国：中国古代医学家孙思邈在他的名著《千金要方》中，就有"牛唾液外涂治秃头"的记载。

如今，从牛犊体腺中分离出来的表皮生长素已开发出有抗皮肤老化作用的系列化妆品，这些化妆品除具有湿润和营养皮肤的功能，还可参与皮肤的新陈代谢，使细胞增殖与分化加快，重组皮肤表层和内层，促使皮肤更加滋润和光滑。

不知你是否注意过这种现象：凡是经过马、牛、羊、鸟类吃过的牧草，比人工割的牧草长得快。科学家经过研究发现，这也是哺乳动物、鸟类和某些昆虫的唾液中都含有表皮生长素的缘故，它可使牧草生长速度加快15%。

狗、羊、虎、豹等受伤之后，会用舌头舔伤口，原因之一也是让唾液中的表皮生长素起止血和加快伤口愈合的作用。

人类研究了上面这些动物的"自疗"行为，在1994年就创建了一门新学科——动物生物学，还召开了第一次全世界的学术研讨会议。

动物的唾液有许多不同的妙用。

燕子的唾液是燕子造巢的"黏合剂"。金丝雨燕在岩洞和悬崖峭壁上营巢时分泌的唾液遇到空气即迅速凝固粘结，形成有名的燕窝。燕窝中营养成分极为丰富：含蛋白质49.9%，碳水化合物30.6%，以及多种氨基酸等。

胡蜂幼虫的唾液里含18种氨基酸和糖，人们用胡蜂幼虫唾液人工合成了一种"琼浆玉液"，服用它的运动员体重增加不会超过4%，却可以比较显著地提高长跑运动员的成绩。

猫的唾液是一种"消毒剂"。它里面的"溶菌酶"具有清洁伤口、杀灭细菌、防止感染化脓、治疗骨梗和促进愈合的作用，所以猫也会用舌头舔伤口来治伤。

蚂蟥的唾液可用于断肢再植。

眼镜蛇唾液可治疗癌症。

蜘蛛的唾液可治疗脑溢血；也是一种"催化剂"——蜘蛛用靠近口部的一对螯刺入猎物体内，把唾液注射进去，使猎物慢慢化成液体再吮吸食用。

萤火虫的唾液是一种高效的"麻醉剂"。它用头顶上的一对颚连续对猎物注入有毒的唾液，使猎物失去知觉。

…………

绿苔与白药
——从华佗到曲焕章

华佗（约145—208）是中国东汉末年有名的医生。他治好了许多当时的疑难病症，也发现了许多疗效显著的新药。

一个夏天的傍晚，华佗在屋外乘凉，忽然望见一只马蜂撞到了蜘蛛网上。蜘蛛也很快地爬了过去，企图用蛛丝缠住马蜂。蜘蛛刚一接近，就被马蜂狠狠地蜇了一下，身躯当即肿起来。蜘蛛从网上掉了下来，落在屋檐下的一片绿苔上，只见它打了几个滚儿，肿就消失了。蜘蛛并不罢休，紧接着又迅速地沿着蛛丝爬回网上去缠马蜂。经过再次较量，马蜂又把蜘蛛蜇肿了。蜘蛛又落到绿苔上打滚。然后再上网去缠马蜂。就这样，它们反复斗了好几个回合，最终马蜂由于体力耗尽，成了蜘蛛的一顿美餐。

华佗

本来蜘蛛是经不起马蜂狠蜇的，它却借助于绿苔的消肿去毒之功战胜了马蜂。这使华佗联想到绿苔可能是一种消肿去毒的良药，于是他想找个机会试一试。

时隔不久，华佗到广陵——今天的扬州地区去行医。路上碰到一个妇女被马蜂蜇了，痛苦地捂着脸。华佗一面安慰她，一面急忙走到屋荫处，弄来一些绿苔，把它敷在那个妇女肿疼的脸上，并对她说："两天以后，我再来看你。"

过了两天，华佗带着徒弟来到那个妇女家中，那个妇女笑容满面地说："多谢先生，你的办法真灵，真不愧是神医呀！"华佗一看，她的脸上果然不红不肿，连马蜂蜇过的痕迹也没有了。

就这样，华佗把用绿苔消毒去肿的方法肯定了下来。

出生在云南省江川县的中国药物学家曲焕章（1880—1938），也是一个善于运用观察方法的人。

曲焕章

相传在 20 世纪初的一天，曲焕章上山采药，黄昏时看见草丛中卧着一只野兽，他搬起一块大石头猛力砸去，这只野兽被砸后不再动弹。走近一看，原来是只老虎。他怕老虎不死，又用挖药工具猛击虎头，直打到确信老虎必死无疑才住手。这时夜色已深，他想先下山回家，明早再来取虎。

第二天早上，曲焕章带着几个村民来取"死虎"时，却惊奇地发现，它已经带着创伤跑掉了。当他们顺着血迹跟踪时，好多处血迹旁都有老虎嚼剩下的野生植物。

这个异常情况引起了曲焕章的注意。他想：老虎是食肉动物，一般是不吃植物的。莫非因为这种植物能够止血愈伤，老虎靠吃它来保全性命？如果真是这样，这种植物就有可能制成药，来治疗人的外伤。想到这里，曲焕章停止了对老虎的追踪，集中精力搜集和研究起这种野生植物来。

百宝丹

经过试验证明，这种植物果真对治疗跌打损伤具有奇效。当然，这仅仅是多种带有传奇色彩的说法之一。

后来，曲焕章又通过反复筛选、提炼、精制，终于在 1908 年研制成功了"百宝丹"——其他人称为"曲焕章白药"，并投入了生产、销售。这就是中华人民共和国成立以后改名的著名的"云南白药"。

用观察法进行创造活动，就是通过对自然或人为现象的细致观察，发现其中有规律的、可能有用的东西，再加上大胆的联想、深入的思考和科学的试验。

同药同病不同效
——张仲景与辨证施治

中国医学家张仲景（约150—219）的医疗态度十分认真，他善于从实践中总结经验，并把这些经验上升为理论。

有一次，三个做小买卖的人被倾盆大雨淋成了"落汤鸡"，其中两人被雨浇病了，都来找张仲景看病。他们都觉得头痛、发烧、咳嗽，鼻塞。

张仲景根据过去的经验："一定又是感冒了。"他给两人摸了脉。第一个病人的脉跳得不快不慢，轻轻一按就摸到脉搏，手腕上还有不少汗水。第二个病人的脉虽然也很容易摸到，但跳得较快，脉管紧张有力，手上没汗。

张仲景想，病情病因都差不多，按照治感冒的经验，只要发发汗就行了。于是给每人开了一帖麻黄汤，药量完全一样。

第二天一早，张仲景先去看第二个病人——吃药后出了一身汗，已经好了一大半。他就嘱咐病人再吃一帖药，再出一点汗，身体就会痊愈。

张仲景以为第一个病人一定也差不多，跑去一看，这个病人吃了药确实也出了一身汗，结果病不但没好，反而比昨天更严重了。

张仲景暗想："这就奇怪了！两个人都是感冒，吃的是一样药，为什么第二个好些了，第一个却适得其反呢？"

他把昨天看病的情况仔细地回忆了一遍，两个人病情确实一样，但脉跳的快慢有些不同，脉管的紧张程度也不一样，但是差别也不大呀！

想来想去，他才恍然大悟："哦！对啦！我没有注意到第一个有汗，第二个没汗。也许是没汗的病人吃药后，出了汗就会好了，而有汗的病人吃了药，又出了汗，可能是汗出得太厉害了，才像这样！"

张仲景

于是，张仲景改用另一种叫桂枝汤的汤药。第一个病人吃了，果然病也好了。

中医治病，要根据不同的病情，不同的病人，不同的气候、地理等条件，采取不同的治疗办法。这种灵活用药的原则，中医叫作"辨证施治"。辨证施治，"同病异治、异病同治"都充分体现了中医的辩证法。

辨证施治方法是中国医学的灵魂，由张仲景奠基。它的哲学思想来源于《黄帝内经》，体现了朴素的唯物辩证法。

辨证施治不仅是医学中的一种方法，而且是一种重要的、普遍适用的科学方法。下面两个反面的教训从反面验证了这一点。

1903 年，俄国化学家门捷列夫（1834—1907）声称，存在"New"（Newtonium 的缩写）和"Cor"（Coronium 的缩写）这两个新元素："New"电荷为零，是最轻的稀有气体，位于周期表中零族元素氦的上方，原子量是 0.17；而"Cor"的原子量为 0.4，由于它的名称是"Coronium"，所以应能在日冕（Corna）中找到它，太阳光谱中应显示出它的存在。

不过，门捷列夫至死也没能看到"New"和"Cor"，而且我们至今也没有发现它们。事实上，现代物质结构理论告诉我们：这两个元素根本不可能存在，因为原子核中至少应有 1 个质子，因此原子量小于 1 的元素不可能存在。

门捷列夫预言的失误，是由于没有"辨证施治"引起的——他还是用他成功的元素周期律来"施治"，而不"辨""原子量小于 1 的元素不可能存在"这个"证"。

因为天王星运动的"反常"，在 1846 年，德国天文学家约翰·戈特弗里德·伽勒（1812—1910）和他的助手海因里希·路易斯·德莱斯特（Heinrich Louis d´Arrest，又名 Heinrich Ludwig d´Arrest——海因里希·鲁德维格·德莱斯特；1822—1875），用法国天文学家乌尔班·让·约瑟

伽勒　　　　勒·威烈

夫·勒·威烈（1811—1877）根据牛顿力学提供的计算资料，发现了海王星。1859 年，勒·威烈在研究水星运动也有些"反常"之后预言："1877 年 3 月 22 日，'火神星'将在日面上通过，呈现为一个小圆点。"

到了这一天，虽然人们"望穿秋水"，但天文望远镜里始终没见到"火神星"的影子。

勒·威烈预言的失误，也是由于没有"辨证施治"引起的：他对表面相同的"症"——运动"反常"，也同样用牛顿力学去错误"施治"。

学生成绩不好，企业效益不好……都要"辨证施治"，从来没有过、也永远不会有万能药方。

全身都是"阿是穴"

——不拘古书的发明

2002 年 9 月下旬，中央电视台第 2 套播出的《幸运 52》节目中，有一道题是：是不是哪里痛哪里就是"阿是穴"？主持人还饶有兴味地回答："啊（阿），是!"

那么，你知道这个"阿是穴"是怎么来的吗？

中国唐代名医孙思邈（581—682），写了《千金要方》和《千金翼方》两部医药巨著，记录了 6 000 多个药方，被称为"药王"。由于他活了 101 岁，所以称他为"百岁神医"。

孙思邈

孙思邈在医学上是多面手，当然也擅长于针灸。有一天，一个病人来看病，说大腿内侧有个地方痛得要命。孙思邈给开了一帖中药。病人吃了几服，没有见效。他就给病人改用针刺疗法，但是扎了几次，病人还是一个劲地喊"痛"！

今天是怎么啦？

孙思邈想："除去古穴医书上讲的700多个针灸穴位，难道就没有别的穴位了吗？"他决定打破古人的条条框框，自己找一找，看看有没有新的穴位。

他一边用大拇指在病人大腿上轻轻地捏掐，一面问病人："是不是这儿痛？"

他先后掐了许多部位，掐到最后一个部位时，病人忽然叫了起来：

"啊……是，是，就是这儿！"孙思邈在这个部位扎上一针，病人的腿痛果然止住了。

孙思邈想："古穴医书中没有这个穴位，那这个穴位应该叫什么名字呢？"他想起病人的叫声"啊！……是"，对！就叫"阿是穴"吧。

后来，人们把这种方法叫作"以痛取穴"法，并仍旧把这种穴位叫"阿是穴"。孙思邈用创新方法丰富发展了针灸学，他的创举给后人做出榜样：不要被古人定下来的"框框"所限制，要敢于创新。

在中国古代，像孙思邈这种不拘泥古书，敢于创新、善于创新的医学先贤比比皆是，就是他们书写了我中华光耀千秋的医学史。李时珍在名著《本草纲目》中，就纠正了《神农本草经》《黄帝内经》等古医书中"吃汞可以长寿""人的思维源于心脏"等谬误。清代医学家王清任（1768—1831），敢于冲破不准解剖人体的传统礼教，解剖了大量的人尸，写出了"唤醒了沉睡的中医界"的《医林改错》，改正了古代医书中诸如"肺有六叶二孔"等解剖学上的错误。

中国南朝学者陶弘景通过细心观察，否定了从《诗经》开始流传了几百年的"果蠃（一种土蜂）不会生子，后代由螟蛉变来"的谬误。果蠃把卵产在被它麻醉的螟蛉体内，当果蠃卵变成幼虫后，就把螟蛉美餐一顿，长大后就飞走了，因此人们有了上述这种误解。这个生物学上的故事，也可以看出陶弘景用的是创新方法，得到了不拘古书的正确结论。

创新方法的要义在于，要让思想自由驰骋——不拘古人，不拘古书，不拘古训……

孙思邈与葱管
——导尿术是这样发明的

看到一个小孩玩葱管，就引出一项医学发明，你相信吗？

中国唐代著名医学家孙思邈，不仅在医学上有巨大贡献，而且博涉经史百家的学术，是一个苦心钻研、细心观察、善于思考、勇于创新的大学问家。

一天，一个患了尿潴留病的病人，由于排不出尿来，肚子胀得疼痛难忍，生命危在旦夕。他恳求孙思邈赶快救救他。

孙思邈诊察了病情，知道吃药已经来不及了，他沉思着，心想，尿流不出来，可能是排尿的口子不通，如果想办法用根管子捅进病人尿道，也许能把尿排出来。可是，到哪里去找这根又细又软的管子呢？

孙思邈带着徒弟四处行医

正在孙思邈心急如焚的时候，恰好看到邻居一个小孩拿着一根烤熟了的葱管在吹着玩，善于观察思考的孙思邈灵机一动："不妨用葱管来试一试。"

孙思邈马上找来一根细葱管，切去尖的一头，小心翼翼地插进病人的尿道，再用力一吮，尿果然顺着葱管流了出来，病人得救了。

这样，孙思邈就成了世界上第一个发明导尿术的人。现在医院里用来为病人导尿的胶皮管，就是由葱管演化而来的。

如果孙思邈看到葱管不想一想，那么，他就不可能发明导尿术。由此可见，观察方法要和思考结合起来，才可能有创新的发明发现。

它一定会如约而归
——哈雷彗星的发现

"相当多的事情使我想到，1531年阿皮安所观察的彗星，跟开普勒于1607年和隆哥蒙坦斯于1456年所描述的是同一颗，也就是1682年我自己观察的那一颗。全部轨道个数都是完全一致的，只有周期不等，其中第一个周期是76年2个月，第二个周期却是74年10.5个月，大概这里面有问题，但是它们的差是这样小……因而我坚决预言，这颗彗星在1758年还要回来……"这是英国天文学家哈雷（1656—1742）的工作记录中的一段话。

果然，没有辜负哈雷的期望，这颗彗星于1759年回来了。随后又于1835年、1910年、1985年归来。它，就是著名的哈雷彗星。

引人深思的问题是，在哈雷之前看到这颗彗星的大有人在，为什么没有人像哈雷这样做出预言呢？特别是这"大有人在"之中的中国人。

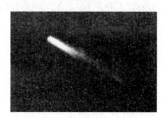

哈雷彗星

是的，中国人的确是这"大有人在"之中重要的一员。

鲁文公十四年（公元前613年）"秋七月有星孛于北斗"。这是中国古书《春秋》中的记载——世界上关于哈雷彗星的最早观测记载。其后，我们的祖先一直对它进行了详细的观察，并且对每项观察都做了详细的记录。从公元前613年到公元1910年为止的2 523年中，就有31次记录。现在翻开这些记录来看，它们描述所观察的彗星形状，是那么惊人地相似，并且各次记录相隔的时间，也都在76年左右。实在可惜的是，我们的祖先却没有对这样周密、系统、全面的观察材料进行研究，因而没能发现存在的规律！

怎么哈雷仅仅根据几次观察就发现了这颗彗星的规律了呢？

我们听一听哈雷自己的说法吧："收集了从各处得来的彗星观察记录后，我编成一张表，这是广泛的、辛勤劳动的果实，对于研究天空的天文学家，这是不大的果实……天文学的读者必须注意到，我所提出的数字

纪念哈雷的邮票

是从最精确的观察得到的，并经过多年忠诚的、尽我力所能及的研究以后才发表的。"

在这里，有两组关键词："编成一张表""不大的果实"和"多年忠诚""研究以后"。

首先，通过"广泛的、辛勤劳动的""观察"进行"记录"，这当然重要，因为正如巴甫洛夫所说："事实就是科学家的空气，没有事实，你们永远也不能飞腾起来。"如果没有把它"编成一张表"——像我们的祖先那样，那这些零散的"珍珠"（材料）依然没能穿成珍贵的"项链"（体现出规律），当然就只是"不大的果实"了。

哈雷胜过我们祖先的第一点是，他"编成一张表"，那就再也不是"不大的果实"了！

其次，"多年忠诚"是好多科学家都能办到的，但这"研究以后"就大有文章了。

原来，牛顿用万有引力定律研究天体之后预言："如果说，有两颗彗星，经过一定的时间间隔后出现，描画出相同的曲线，那么就可以下结论说，这先后两次出现的实质上是同一颗彗星。这时我们可以从公转周期本身决定轨道特性，并求出椭圆的轨道。"

啊！明白了，原来哈雷胜过我们祖先的第二点是，背后有"高人""指点"。牛顿之所以能成为"指点"哈雷的"高人"，那就是他有威

力强大的万有引力定律！虽然西方关于这颗彗星的最早记录是在我们祖先记载的 679 年之后——直到公元 66 年才有西方人在耶路撒冷看到它的记载。

我们中国的祖先呢？当时正值所谓"康乾盛世"的清朝——闭关锁国、科技落后的"中央大国"，就没有牛顿这样的"高人"，也没有哈雷这样的"研究以后"，所以就只能把那"详细的记录"深锁在皇宫高墙深院的史料库中，眼睁睁地看着"洋人""风光无限"了！

由此可见，"观察"之后既要有"详细的记录"，更要用最新的科学理论进行"整理"和"研究"，才能产生有用的结果。

我们不但要当蚂蚁，更要当蜜蜂——弗兰西斯·培根笔下的蜜蜂。

赫谢尔发现天王星
——望远镜"星海"捞"针"

"天街夜色凉如水，卧看牵牛织女星。"

一位科学家活了 84 岁，通过"卧看牵牛织女星"，首先发现了一颗公转周期 84 年的行星，这是天文学史上独一无二的、有趣的巧合。

这颗行星就是天王星，它是太阳系的第七大行星，质量约为地球的 14.63 倍，与太阳的平均距离约 29 亿千米，自转周期 24 ± 3 小时，公转周期约 30 685.4 天即约 84.01 年，有 5 颗卫星。这位科学家就是原籍德国的英国科学家弗雷德里克·威廉·赫谢尔（1738—1822）。

赫谢尔

1781 年 3 月 13 日，在英国的赫谢尔用 270 倍（后来用 360 倍直到 930 倍）的天文望远镜，对准金牛座"星海"捞"针"。突然，一颗"星云状的星"进入他的视野，显出圆面。他分析，它并不是一颗遥远的恒星，因为恒星在望远镜里是不会显出圆面的，只可能增大亮度。他继续观测了几天，发现它对恒星有明显的位移，这表明它在太阳系内。

赫谢尔开始认为它是一颗彗星，并做了报告，但后来的观测表明，它像行星那样有明晰的边缘，运行轨道也像其他行星那样是椭圆。这就说明，这是一颗原来没有发现的行星。

天王星

是的，它是第一颗用望远镜发现的新行星——此前的水、金、火、木、土星都是用肉眼观测发现的。

天王星的发现引起了巨大的轰动，赫谢尔也因此名扬四海。当年，英国皇家学会便接纳他为会员，并颁发科普利奖。该奖是1731年设立的，是皇家学会的最高奖。第二年，国王（1760—1800任大不列颠国王及爱尔兰国王，1801—1820任大不列颠及爱尔兰联合王国国王）乔治三世（George Ⅲ，1738—1820）亲自接见了他，任命他为英国王室私人天文学家、宫廷天文学顾问，年薪200英镑。1781年5月，赫谢尔受英王聘请去温莎城堡上任，专门从事天文学研究。

赫谢尔发现天王星的方法叫大海捞针方法，属于验证方法。验证方法有三种，另外两种是直接验证方法和间接验证方法。

大海捞针方法也是一种普遍使用的科学方法，在许多领域都有应用。英国物理学家卢瑟福在25 000张、410 000个各种粒子轨迹的照片中，以精细的观察，像大海捞针似地搜寻，发现有6张没有出现轰击之后 α 粒子的照片，从而找到了打开人工制造同位素和转变元素的大门。

爱迪生"99%的汗水"那句名言说明了他的勤奋，也是他爱用大海捞针方法的反映：试验电灯用过1 600多种金属材料和6 000多种非金属材料，而采集的材料更多达14 000多种；试验新型蓄电池用过9 000多种材料，失败了50 000多次。对爱迪生试验研究的一些盲目性，特斯拉称之为"经验拖网"，曾逗乐说："如果让爱迪生在一大堆稻草里去找一根针，他一定立刻像一只蜜蜂那样，不辞辛苦地一根稻草一根稻草地翻看，直到找到这根针为止。我就亲眼看到他是这么干的。其实……只要懂得一点点理论，稍微计算一下，他就可以省去90%的劳动。"

由此可见，在使用大海捞针方法时：①应辅之以其他方法，才能事半功倍；②最好在其他方法不能奏效后使用。

皮亚齐在骗人吗
——"失踪"的"谷神"何处寻

1801 年 1 月 1 日夜，意大利西西里岛巴勒莫天文台台长（1790—1817 在任）朱赛普·皮亚齐（1746—1826）在观测繁星满天的夜空。当他把天文望远镜对准金牛星座方向的星空时，偶然发现一个陌生的"彗星"——但它却没有尾巴。后来人们才知道，它就是人类最早发现的小行星，也是最大的一颗小行星，位于火星和木星之间。

不过，皮亚齐并不是研究这颗星的第一人。此前的 1772 年，德国天文学家波德发表了在 1766 年德国中学教师提丢斯得到的行星距离间的排列规则，即提丢斯－波德规则，并预言在火星与木星之间距太阳平均距离约 4.2 亿千米处应该有一颗行星；但是他没有看到它。

皮亚齐

当皮亚齐在 1801 年 1 月 24 日写信把他发现"彗星"的消息告诉柏林天文台台长波德之后的 2 月 11 日，这颗"彗星"一接近太阳，就杳无踪影，用望远镜也看不到了！此时，他的信还在途中，直到 3 月 20 日才到达柏林。

于是人们议论纷纷，有的说皮亚齐眼花了，根本就没有什么新星；有的说皮亚齐是故弄玄虚，骗取荣誉。流言蜚语满天飞，皮亚齐有苦难言，因为用望远镜看不到强烈太阳光里的那颗新星，他也没法指出新星的位置。

这个消息传到了德国著名数学家卡尔·高斯（1777—1855）的耳

朵里，他相信皮亚齐的发现既不是"眼花"，也不是有意耸人听闻。他想："行星运动是有规律的，我不用望远镜，只用铅笔，非算出这颗行星的位置不可。"

1802 年，高斯用他自己的行星椭圆轨道计算法和最小二乘法算了起来。他仅仅用了一个小时，就算出了谷神星的准确位置——离太阳 2.77 AU，这与提丢斯 - 波德规则预言的 2.8 AU 惊人地吻合，它就是波德预言的那颗新"彗星"。这里的 AU 是"天文单位"的缩写，也写作"A. U."，是地球到太阳的平均距离；$1\ AU = 1.496 \times 10^8$ 千米。

高斯把结果公布后，天文学家用望远镜朝高斯所指的方向看去时，果然发现了那颗新星，后人便称这是用"铅笔尖"发现的第一颗新行星。后来，皮亚齐把它取名为"赛莉斯"（Ceres）——罗马神话中专管粮食丰收的女神，恰好又是西西里岛的守护神，中译"谷神星"——它

谷神星

的直径只有月球的 22% 倍。1803 年，高斯还因此和其他天文研究者荣获法国科学院颁发的拉朗德奖。

这个铅笔尖发现新星的故事，说明了逻辑思维指导科学实践的重要性。高斯用计算方法，依据行星运动的规律，运用理论思维和逻辑证明，算出了新行星的位置，这就在科学实践中，排除了偶然性的干扰和克服了感性认识的局限性。

据说，早于高斯大半个世纪的瑞士著名数学家欧拉为了寻找这颗新星，计算了 3 年，以致把眼睛都累瞎了，也没得出结果。当有人谈起这件事时，高斯风趣地说："一切都不用奇怪，要是我不变换计算方法，我的

奥尔伯斯　　　哈丁

眼睛也会瞎的。"可见先进的计算方法多么重要。

此后，德国医生、天文学家奥尔伯斯（1758—1840）于 1802 年、

1807 年分别发现了智神星、灶神星，而德国天文学家卡尔·鲁德维格·哈丁（1765—1834）也于 1804 年发现了婚神星；这样，连同谷神星，就有四颗小行星"拥挤"在火星和木星之间的带状区域里，成了当时的一件新鲜事。截至 2018 年 5 月底，共发现了超过 774 880 颗小行星，已经编号的就超过 518 420 颗（有保证的发现）；以后每个月都将发现上千颗，未来十年内将发现另外的大约 500 万颗。

从 "海王" 到 "火神"
——能如法炮制吗

"雨和谁都不是朋友，谁在外面淋谁。"

这是一句非洲谚语，我们来看这次的"雨"淋的是谁？

海王星的发现使法国天文学家勒·威烈（1811—1877）名扬四海。1846 年已成为巴黎大学教授的勒·威烈在次年就被选为英国皇家学会外国会员，荣获皇家学会科普利奖……

功成名就、踌躇满志、年轻有为的勒·威烈当然会乘胜前进，更上层楼。

那么，他会再创辉煌吗？

勒·威烈在研究太阳系稳定性期间，结识了法国天文台台长阿拉戈（1786—1853），阿拉戈希望他研究水星的运动，因为它的运动也有些"反常"。

勒·威烈

水星运动有些什么"反常"呢？原来，是它的多余进动。经过多年研究、计算之后，勒·威烈于 1859 年算得水星近日点有每百年 38″ 的进动不能解释。

有了 1846 年算出海王星的成功经验，勒·威烈认为这又是一颗新行星影响的结果，于是再次用笔计算。他不但算出这个可能存在的新行星的位置，还用罗马神话中的火与工匠之神"火神"，为它取了一个漂亮名字——"火神星"（Vulcan）。他还照上次推算海王星的方法，算出一个可供观测的预言，并将这一预言公之于世："1877 年 3 月 22 日，火神星将在日面上通过，呈现为一个小圆点。"

到了这天，全世界许多望远镜都对准了太阳。可是，人们"望穿秋水"，但明亮的太阳圆面上始终没见到"火神星"的影子。

这次，雨淋的是勒·威烈。不过，他"一直到死都相信水内行星的存在"。他至死也不明白，他错在哪里；他无法明白，因为他没法活到爱因斯坦创立广义相对论的那一天。

1915年11月，爱因斯坦发表了题为"用广义相对论解释水星近日点运动"的论文，才揭开了"火神星"纯系子虚乌有之谜，宣告牛顿引力理论仅仅是相对论引力理论的一级近似。

科学研究真使人一步三叹。如果牛顿理论错了，那预测哈雷彗星的回归和海王星的发现怎么又那么灵呢？如果对了，那怎么用它算出了一个本来并不存在的"火神星"呢？

我们终于明白，牛顿力学仅仅是相对论力学和量子力学在低速、宏观条件下的近似规律。由于太阳的质量造成它周围空间发生了弯曲，使牛顿力学成立的"平直空间"已不复存在，牛顿力学在这里并不适用，因此勒·威烈便算出个"火神星"来。

数学方法和任何方法一样，都不是万能的；科技的发展永无止境，人类应正确认识自己的能力。这种认识对人类有百利而无一害。

首先，应防止人类产生探索自然的那些急功近利的欲望，希望立即找到一种简单的、一劳永逸的规律供自己使用，这种规律是没有的。爱因斯坦相对论的成功，使他过分夸大抽象思维的作用，把后半生几乎全部精力和时间都投入到比广义相对论更抽象、更一般的"统一场论"的研究中去，最后以失败告终便是一例。如果受这种欲望驱使，企图按某种固定的模式去探索未知世界，被"雨"淋也就难免了。这正如法国细菌学家、医生查·尼科尔（1866—1936）所说："谬误无处不在，没有一种方法万无一失。"

其次，世界上没有终结的、一成不变的理论。那种认为绝对正确的真理已经发现的想法是幼稚错误的。如果有一天一位天才说"爱因斯坦也错了"的时候，我们不应惊慌失措。

最后，人类对自己认识自然的能力要正确评价。1998年11中旬，科学界对狮子座流星雨发生高潮的时间和流星雨规模的误测，再次证明了这点。

机器向人学走路
——步行汽车与步行平台

　　中国黄河三角洲地区以及广阔的海陆过渡区，涨潮时汪洋一片，退潮时滩涂十数里。在这片"汪洋"下面，有着极好的油气资源。为了钻井采油，我国最早采用的是围海钻井的落后开采方式。

　　1975 年，中国胜利油田钻井研究院的总工程师、后来的中国工程院院士（1995 年当选）顾心怿（1937—2024），就目睹了"万人围海筑堤"的情景：成群结队的民工推着独轮车，在海滩上艰难地前进。每筑一千米海堤，就要花去数百万人民币，真是劳民伤财！

　　顾心怿心想，应该有一种机械设备取代这种围海钻井的笨拙的开采方式。用什么机械设备取代呢？

　　1982 年，顾心怿又去赶海做现场实地调查。他们乘坐的小艇搁浅在水深 1.4 米的地方，一蹲就是 3 天。这时，一位船员接到了家中打来的紧急电报，要他马上回家有要事处理，他只得涉水上岸。

　　顾心怿从望远镜看到他踏上海堤，走上陆地的一瞬间，突然想到：在搁浅的情况下，人能一步一步地走上堤岸，那船呢？为什么不能造一条会走路的钻井船呢？

顾心怿

　　当顾心怿将这个设想告诉周围的同事时，他们都不明白，一向谦虚谨慎的顾总，为什么这次却要开这样的"国际玩笑"——如果这样大的铁家伙抬不起腿，走不动路，可就……

　　顾心怿思想上也不是没有这种顾虑，可他几经推敲，反复论证，觉得每道工序都是科学的，每一个设计程序也是合理的。他将自己设计的草图交给钻井研究院，院领导研究认为：设想是大胆的、有价值的，又是国家急需的，于是决定支持他。他又得到上海交大的协助，完成了设计方案。

1983 年秋，按照完善后的方案，首先制成了一艘长 10 米、宽 5 米的模型船，在 5 个地点进行步行试验，都得到满意的结果。在这个基础上进一步完善后的方案报到国家有关部门，当即得到批准。

"胜利二"号步行坐底式钻井平台——世界上第一艘能在海滩上"步行"的钻井平台船，由顾心怿主持设计，胜利油田与上海交通大学、青岛北海船厂联合研制，1988 年建成投产

顾心怿在许多单位的支持下，终于完成了"步行坐底式钻井平台"。它的内体、外体两大部分交替升降移动，完成行走过程。

顾心怿在石油钻探业奋斗了 30 多年，获得了许多荣誉和奖励。他总结自己的发明成果时说："思索成为我的一种习惯，一种享受。思索是加工过程，而原材料却只有来自经验、来自书本、来自群众、来自实践，思索出办法，出灵感。"

步行族中的另一个成员——"步行汽车"也是根据人左右脚轮流向前走这个道理发明的，发明家给它装上了"步行"的轮子。

在"步行汽车"里，装有弹性气密室，而压气机放在气密室内，通过一个控制阀门排气。

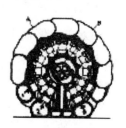

步行汽车

当气室在轮子和路面接触点后边时，气室鼓起，并排放气体，使轮子获得转动力矩。"步行汽车"的速度正比于气室的充气速度。气室充气越快，轮子转动得越快。

当然，"步行汽车"和一般汽车各有各的用途，不能和现行的一般汽车互相代替。在专门需要越野能力强的汽车的地方，如建筑、运输、军用等部门，或沙漠、松土、泥地等恶劣的路面，"步行汽车"的优越性就会显露出来。

"步行坐底式钻井平台"和"步行汽车"的发明，都是用的类比方法。

活字印刷术的发明
——整体－个体－整体法

"告别铅与火，迎来光与电。"这是对中国科学家王选（1937—2006）发明的"汉字激光照排系统"的赞誉。

可是，这辉煌了几百年的"铅与火"，也是来之不易的——我们的祖先用"汗水"，再加上科学方法，才做出这一重大发明呢！

在古代，书籍靠手工抄写。显然，这种方法费时、易错。于是，大约在 7 世纪的唐代初年，雕版印刷术就出现了。

所谓雕版印刷术，就是将坚硬而不易变形的枣木或梨木锯成长方形的板子，刨平后涂上薄薄的糨糊，将写好字的纸反贴上去，使板上呈现反写的字，然后在木板上雕刻出凸起的"阳字"。最后把印墨刷在雕版上印刷。这比人工抄写速度更快，质量更好。

迄今发现的最早印刷品之一：1974 年在西安出土的梵文《陀罗尼经咒》残片，7 世纪印刷

雕版印刷术也存在明显的不足：刻版因木料坚硬而费时费工（如果用软木料，则容易在多次使用后损坏），因一书一版而费料；存放大量的雕版占地太多而很不方便，易被虫蛀；雕版中如有差错，更改困难；如果出版过的书不再重印，一大堆雕版就成了废物。

替代雕版印刷术的是活字印刷术——包括木活字印刷术与泥活字印刷术。发明活字印刷术的是中国北宋的"平头百姓"毕昇（约

970—1051），他是在宋仁宗赵祯（1010—1063）当政（1022—1063）的庆历年间（1041—1048）发明泥活字印刷术的。

毕昇

木活字印刷术与泥活字印刷术的主要区别，是活字采用的材料不同，以下仅以泥活字为例来说明活字印刷术。首先要造活字，就是选用细腻的胶泥，制成一个个小方块，每块上面分别刻上一个个凸起的阳文反写字，用火烧成陶瓷，成为"活字"。然后把活字印按照字的韵目分别放在一个个木格子里。

第二步是制版。就是按照稿本字句段落，将字印放在盛有黏合剂的松香、蜡和纸灰的铁板上，并在四周围上铁框，然后把它放到火上加热，使黏合剂熔化。当黏合剂稍微冷却而仍有黏性时，用一块平板在排好的活字上加压，把字面压平整。当黏合剂完全冷结就可以付印。

第三步是拆版。印完以后，把印版拿到火上烘烤，黏合剂重又熔化，一个个活字就拆了下来，再供下一次排版时使用。

如果说雕版印刷与手抄相比是一次飞跃的进步，那么活字印刷更是一次划时代的革命。这是因为胶泥柔韧，比起坚硬的（例如）枣木容易雕刻，而且来源广，成本低；活字排、拆方便，容易更换错字，储藏时占地不大，没有虫蛀之患；用两副版或多副版印刷，节时省工，成书速度大大加快。

毕昇面对着单个的"字"与不可分割的"版"这个整体，能够想到"整体－许多个体－整体"的方法，是一个难能可贵的创造性的思维。我们把它称为"整体－个体－整体"方法。

活字印刷作坊

"整体－个体－整体"方法在许多我们熟悉的领域都有应用。"拼装家具"是由一块块简单的板子组合而成的，组合式房屋、组合式工具也是如此，而孩子们的组合玩具（例如积木）更是我们熟悉的。人类使用的文字，就是由许多"元素"构成的，例如中文字由点、横、撇、捺等构成，英文则由单个字母构成。近年用"模块化方式造舰船"，更不是新鲜话题。

后来，中国、朝鲜、韩国等国，又发明、改进成金属（例如铅、铜、锡、铅，以及它们的两种或者多种的合金）活字。在西方，荷兰哈拉姆城的旅店老板科斯特，也在 15 世纪独

古腾堡与他印刷的《古腾堡圣经》

立发明了金属活字。基于活字印刷术与中国发明家蔡伦（61 或 63—121）发明的早已传到西方的"蔡侯纸"，以及德国发明家古腾堡（约1400—1468）自己独创的一系列发明，近代印刷系统在他的手中诞生。

给黑电扇加彩
——滞销品这样变畅销

"胡迪尼栽了！"这是英国一个小镇轰动一时的新闻。

匈牙利魔术大师哈里·胡迪尼（1874—1926）是魔术界至今无人能超越的"逃脱大师"。他的绝活之一是能在极短的时间内打开无论多么复杂的锁，从未失手。后来移民到美国的他，怎么栽了呢？

胡迪尼曾说，他能在 60 分钟之内从任何锁中挣脱出来。条件是穿特殊的衣服进去，不能有人观看。

小镇的一些居民决定向胡迪尼挑战。他们打制了一个坚固的铁牢，配上一把看上去非常复杂的锁，看他是否能开锁出来。胡迪尼接受了挑战。

胡迪尼

30 分钟过去了……60 分钟过去了，胡迪尼的头顶开始冒汗了。最后，120 分钟过去了，他还没有听到锁弹簧被打开的声音。他终于筋疲力尽地、绝望地将身体靠着铁牢门坐了下来。这一坐可真奇妙——牢门顺势而开，大师惊呆了……

其实，门并没有锁，自然也就无法"打开"。大师太专注"开锁"了，对门根本没有多看一眼，他认为，只要有锁，就一定是锁着的。自己的全部努力是打开这把"锁"，而不是"逃出"铁牢。他的失误在于他的思维定式。

我们下面这个故事的主人公却因打破了思维定式而成功。

由于世界上生产的第一台电扇是黑色的，所以后来生产的电扇都是黑色的。似乎不是黑色的就不成其为电扇——人们形成了"电扇是黑色的"这一思维定式。

1952 年，日本东芝电气公司（一说福田电扇公司）积压了大量的黑色电扇销售不出去，出现严重亏损。公司 7 万多名职工为了打开销路想尽了一切办法，但仍收效甚微。最后，公司新任总经理石川（一说董事长石坂）不得不宣布，谁能够打开销路让公司走出困境，就奖给他 10% 的公司股份。

"为什么我们的电扇不可以是其他颜色的呢?"这时，一个最基层的小职员——女工山田惠子向石川提出了新建议："风扇叶加上美丽的色彩转起来一定很美妙。"当然，她也是根据自己听到的"消费者意见"提出这个建议的。

颜色漂亮的电扇好销

重实效、不问学历和资历、善于吸纳员工智慧的石川很重视这个建议，特别为此召开董事会研究。最终，董事会采纳了这个建议，并组建了以山田惠子为负责人的研究小组。

第二年夏天，东芝公司就推出了一系列彩色电扇，立刻在市场上掀起了一阵抢购热潮，几个月之内就卖出了几十万台，利润也直线上升。为此，山田惠子也如愿得到 10% 的股份的重奖，在当地一时传为佳话。

从此以后，在世界上任何一个地方，电扇都不再是"黑脸包公"了。

一个"颜色的改变"，就使东芝公司摆脱了困境，效益成倍增长；而"改变颜色"，并不需要有什么专业知识，也不需要有什么丰富的商业经验，为什么那么多人没有想到? 这显然因为原有电扇都是黑色的，人们的思维已经成了一种定式，而这位小职员却冲破了这种思维定式的束缚。

什么时候我们也能问一问："为什么……不可以这样呢!"

从思维的角度看，东芝小职员的思维属于反差思维方法，是横向思维方法的一种，当然也是一种创新思维。所谓横向思维，就是通过常常被逻辑思维所忽视的"非正统"方法，解决疑难问题的一种思维方法。

下面"加大开口10万"和"坛破酒香飘"的故事，就能说明这种横向思维的魅力。

在一家国际大牙膏公司的核心会议上，悬赏10万美金奖励促销建议，但各部门经理、主管都无计可施。见此情景，送咖啡的服务小姐就多了一句嘴："把牙膏的开口加大就行了。"当开口加大了40%以后，牙膏销量就大幅增加了。

1915年巴拿马万国博览会金质奖章的正面

1915年，茅台酒第一次出现在巴拿马万国博览会（在美国旧金山召开）上。陈旧的装潢被使人眼花缭乱的"洋酒"淹没，无人问津。据说，酒厂参展人灵机一动，在会场展厅内把酒坛打破。"隔壁千家醉，开坛十里香。"特有的酒香弥漫在大厅内，立即吸引了在场的人，挽回了败局，并一举夺得金奖。

这个"坛破酒香飘"的故事，还说明了商品的视觉感官——有时由"包装"体现，是何等重要！事实上，黑电扇变彩电扇就更能冲击视觉感官。从方法上来说，发明彩色电扇除了用创新思维方法，还考虑了"组合方法"——电扇是由功能、颜色、形状等"元素"组合而成的，其中一个发生了变化，都会对整体产生影响。下面"创可贴"的故事也能说明这一点。

日本的创可贴由于生产工艺简单，原料易得，诱使许多厂家蜂拥而上，市场竞争十分激烈。原来生产创可贴的米多尼公司老板，为挽救产品销售下滑，在冥思苦想中想出了一个"药品加人情"的创意——改变了传统产品的单一肉色，采用鲜艳的桃红、菊黄、天蓝、翠绿等多种颜色；外形也不再是单调的条状，而有心形、五角形、十字形、香蕉形、卡通人物形等；还印上了简洁幽默的文字，如"我快乐极了""好疼呀""别烦我"等等。

这种带有情趣的创可贴一经推出，人们纷纷前来购买。好动的孩子有了伤口，不再拒绝贴药膏，而是以贴这种创可贴为荣。女士们手上有了疼痛，贴上造型别致的创可贴也不再感到难堪。这种注入人情味的创可贴使该公司的销售量迅速回升，在不到一年里就售出了830万盒。

在这里，新的创可贴和彩色电扇取得成功的方法几乎如出一辙。

这给我们的发明家或厂家的一个启示是：产品不但要"慧中"，而且要"秀外"；不但要有"产品质量"这一"硬件"，还要有"人文关怀"这一"软件"。

法国科学家庞加莱（1854—1912）说："所谓发明……简单说来，就是选择。"让我们选择适合绝大多数人喜欢的"元素"来奉献给"上帝"吧！

鸡毛除油与电话发明
——平凡而神奇的"联想"

2002 年 11 月，大油轮"威望"号在西班牙附近海域遭难，数 10 万吨的原油，以每天 125 吨的速度向外泄露，要 3 年多才能漏完，它们污染了几千平方千米的海面。这种油轮出事，油留在海面的事已不是第一次了，但可恶的是，这些浮油会污染水体，杀灭海洋生物……要清除浮油，却绝非易事。

1983 年，美国专家克罗蒂发明了利用鸡毛来清除海上溢油的方法。

克罗蒂在密西西比河的一个溢油区抛出了 100 多个鸡毛袋做试验，海上油污几乎立即被吸附在鸡毛上。15 分钟后，把这些鸡毛袋从河面拉上岸，清水奇迹般地从袋中流出，油污则被吸附在鸡毛上，每袋约 4 千克。

沈括与老百姓一起研究石油

利用羽毛来吸附漂浮在水面上的石油的方法，实际上早在 900 多年以前就被中国延安地区的老百姓采用。延安地区有的地层，原油从罅隙中自然上升到地表水中，漂浮在水面上。当地聪阴的老百姓，用长长的野鸡尾羽把石油吸附收集起来，供点灯、做饭用。公元 1080 年，中国北宋时代的著名科学家、军事家沈括（1031—1095），被派到这一地区去对付西夏部队侵入边疆的活动。当他驻守在延安时，就亲眼见到了这一情景，并记在他的惊世名著《梦溪笔谈》中。沈括还在中国首创"石油"一词——虽然他不是中国和世界首先记载石油的人，并预言"石油至多，生于地中无穷"。

鸡毛人人都见过，但为什么偏偏是克罗蒂发明了这种方法呢？

原来，这位专家是看到受溢油污染的海边，漂浮着许多死鸟的羽毛上有许多油而得到启发，才做出这一发明的。这里，他用了机遇方法和联想方法中的相似联想。

在贝尔发明电话之前，发明家研制的电话音小而模糊，没有实用价值。贝尔受端部与通电线圈接触的音叉会发声的启发，联想到用小金属弹簧片代替音叉，但试验却失败了。后来，他用薄铁皮代替小金属弹簧片，才取得了成功。

在这里，贝尔也用了机遇方法和相似联想方法。

其实，在许多科学发现和技术发明中，都用到机遇方法和联想方法。以上仅仅是千百个事例中的两个而已。

无烟煎鱼器是怎样发明的

——巧妙的"等值变换"

厨房里最讨厌的是油烟——煎炒的食物在灶火的烧烤下不断冒出这种烟雾，令人窒息、损人健康。例如，通常的煎鱼锅，鱼放入锅之后，与热源直接接触，鱼体中析出的脂肪、水分就会产生大量的烟雾。

如何解决这一棘手的问题呢?

日本夏普公司的职工春山丈夫发现，这种煎鱼锅的毛病出在鱼与热源直接接触上，因此，首先要解决的就是把鱼与热源隔离开，这也是发明的关键。

如何隔离呢?

春山丈夫从已经发明的各种加热装置中，寻找被加热物与热源分开的加热装置，如带铁栅的法兰盘、烤面包器、电暖被炉等。经过研究后，他发现直接采用这些装置仍不能解决问题。带铁栅的法兰盘，虽然通过一块铁栅将鱼与热源分开，但热源仍在下方，鱼体中析出的油脂下滴，接触到热源后仍会冒烟，它的优点仅仅是做到鱼不粘锅。烤面包器的热源虽然在两旁，但由于鱼不像面包，厚薄不均匀，所以也不适用。电暖被炉的热源装在上方，如果煎鱼器采用这种热源安装方式，鱼体的油脂加热熔化后就不会冒烟了;但如按电暖被炉设计煎鱼器，也有不方便的地方——鱼要从炉子底下放进去。

显然，如果能够解决放鱼不方便的问题，就可以采用电暖被炉的加热方式了。于是，春山丈夫就将热源安装在煎鱼器可开启的盖子上。由于盖子可以随时开启，这就解决了放鱼不方便的问题，而且可以控制煎鱼的温度和观察鱼体。用这种改进过的煎鱼器，鱼体内的脂肪加热析出后，流到温度较低的锅底就不会再冒烟，而煎鱼的调料也可随时方便地涂抹在鱼体上，既节省油，又不粘锅，还能煎出美味的鱼来。

这样，一种无烟的电煎鱼器终于在日本的夏普公司研制成功了。

春山丈夫用的发明方法主要是等值变换法。

20世纪40年代，日本东京大学的市川龟久弥教授把自然界中的各种变换，都归结为以下3种等值变换，所以等值变换法在创造发明活动中应用十分广泛。

①自我生长型等值变换：类似于蚕从幼虫变为成虫这一变换过程，其特点是"原型"（蚕的幼虫）的特征逐渐消失，形成"变换型"（蚕的成虫）的新特征，如宇宙演化、生物进化等。

②被加工型等值变换：类似于从桑叶到蚕丝这一变换过程，其特点是"原料"（桑叶）被"加工装置"（蚕）加工为"成品"（蚕丝），如化工原料被反应塔变为化工产品。

③以上两种方法的综合。

当然，春山丈夫还用了大海捞针法——从众多加热器中"捞"出电暖被炉。

圆珠笔与导弹
——何不"反过来"思考

1945 年 10 月的一个早晨，美国纽约的吉姆贝尔斯（Gimbels）商店门口，人山人海，热闹非凡。有 5 000 多人挤在这里。他们要干什么？

原来，在此前两天，吉姆贝尔斯商店在《纽约时报》上用整版篇幅打了广告，以促进圆珠笔在美国的第一次销售："这种新笔是神奇的……不可思议的自动下水笔……保证写两年不用灌水。"吉姆贝尔斯商店第一天就卖掉了所有的存货——价值 12.5 万美元的 1 万支圆珠笔。这是圆珠笔的首次巨大成功。

实际上这个"新"笔并不新，比起早它 10 年前就生产的滚珠笔来，没有好用多少——晚期漏油。不过，在说怎样改进之前，我们还是来看看它的祖宗吧。

圆珠笔的发明始于 1888 年，一位名叫约翰·路德的美国制皮工申请了一件滚珠笔尖笔的专利，但他的笔一直没生产出来。尽管以后的 30 年里有 350 多个关于滚珠笔的专利申请，也没有生产出一支实用的滚珠笔。

开发圆珠笔的"下一步"用了 50 多年，那是匈牙利的拉迪斯拉斯·毕罗和他的弟弟乔治·毕罗于 1938—1944 年间，在匈牙利发明的。拉迪斯拉斯曾研究过医药、艺术和催眠术。他非常聪明，很相信自己的能力，但从来不把兴趣放在追求生活享受而挣钱的地方。1935 年他正在编辑一份小报，常常为自来水笔灌水和擦去墨水污迹浪费时间而烦恼；另外，自来水笔的锋利笔尖还常常划破书写纸。他决定发明一支好用的笔。他的弟弟乔治是位化学家，与他一起制作新设计的样品笔，并配制了新笔用的浓淡合适的墨水。在一个夏日巧遇在海滨度假的阿根廷总统（1932—1938 在任）奥古斯汀·佩德罗·朱斯图·罗隆（1876—1943）之后，他们应邀到阿根廷建圆珠笔厂。

前面那次吉姆贝尔斯商店的轰动就是仿制、改造毕罗兄弟的圆珠笔引出的，而仿改它的芝加哥推销员米尔顿·雷诺，就是在阿根廷度假时看到毕罗兄弟生产的圆珠笔的。通过雷诺和吉姆贝尔斯的交涉，促成了这次销售成功，他们也因此发了大财。

财是发了，但是圆珠笔漏油的缺点却依然严峻地摆在发明家们的面前。

为了解决圆珠笔的漏油问题，人们都循着常规思路考虑，从分析圆珠笔漏油的原因入手来寻找解决办法。漏油的原因很简单——笔珠因磨损而蹦出，油墨就随之流出，所以，人们首先想到的是要增加笔珠的耐磨性，于是许多国家的圆珠笔厂商都投入力量，从事笔珠耐磨性研究。甚至有人还试用耐磨性好的宝石和不锈钢做笔珠，但这样做又出现了新的问题——笔芯头部内侧与笔珠接触的部分被磨损，笔珠蹦出依然，漏油问题依旧……

在这"山重水复疑无路"之时，迎来"柳暗花明又一村"的是日本小商人——后来的发明家中田藤三郎。1950 年，他打破常规思路，运用逆向思维解决了圆珠笔的漏油问题。他想，既然圆珠笔在写到 2 万多字时开始漏油，那么，如果让所装的油墨只能写到 1.5 万字左右，不就"万事大吉"了么！经过试验，合适的油墨量终于找到了，圆珠笔磨损后的漏油问题从此不复存在。

中田还将革新后的圆珠笔芯装到经过改进后的笔套内，命名为"自动圆珠笔"，并且获得了专利权。不漏油墨的圆珠笔上市后畅销不衰，中田也因此获得使日本人肃然起敬的紫绶奖章。当时的日本发明学会会长不禁发出啧啧赞叹："真是一个绝妙的逆向思维方法。"

这种原理逆向思维的成功，还可以举出"一孔值百万"的例子。

20世纪60年代，国外的一家制糖公司把方糖出口到南美时，砂糖在海运中每每发生受潮，损失巨大。于是公司贴出告示：谁能解决砂糖防潮问题，将奖给100万美元。美国的一家制糖公司有个叫凯卢萨的年轻人看了告示后，很感兴趣，他废寝忘食地查资料、搞试验，20年过去了，仍未找到解决的办法。一天深夜，他躺在床上怎么也睡不着，穿衣起来，拿着方糖包装盒苦思冥想，边想边看，他突然联想到了轮船的通风筒——通风筒的用途不就是防潮吗？如果把方糖包装盒的角上用针戳个孔——将"密封""反其道而行之"改为"开放"，不是也能通风防潮吗！

这家制糖公司采纳了凯卢萨的建议，结果砂糖在海运途中再没有潮湿现象了。凯卢萨申请了这一发明的专利，也如愿获得了100万美元的奖金。

在20世纪50年代的中国，也有一个"反过来思考"获得巨大成功的例子。

美国、苏联等国都是先发展航空工业再搞导弹的，因为搞飞机容易——飞行速度相对慢（最大约2马赫），搞导弹难——飞行速度相对快（最大约20马赫）。先易后难嘛！

中国著名科学家钱学森（1911—2009）却提出中国应先搞导弹，后搞飞机。理由是，造导弹比造飞机容易，因为导弹的材料是一次性使用，用不着像飞机要求那么高——否则翅膀就会断裂；关键问题是要"看得清""制导好""打得准"。

结果确实成功了，我们的导弹、火箭技术，如今都位居世界先进行列。

半个世纪以后的2007年12月21日，中国首架具有完全自主知识产权的新支线飞机ARJ21-700——"翔凤"，在上海飞机制造厂总装下线。这标志着中国飞机正式跻身世界民用客机行列。10年以后的2017年5月5日，具有完全自主知识产权的中国首款国际主流水准的干线客机——按最新国际适航标准研制的"C919"，在上海浦东国际机场首飞成功。

以少胜多射火箭
——逆向思维王永志

美国缅因州的伐木工人巴尼·罗伯格真是倒霉极了——一棵被他用电锯锯断的大树倒下时，被对面的大树反弹回来压在他的右大腿上，腿受伤血流不止。

周围几十平方千米内没有人烟，如果在 10 小时内不能自救，罗伯格将会因失血过多而死。

罗伯格强忍剧痛，用身边的斧头去砍压着他的树，但因用力过猛，斧柄折断。他只好用断斧柄把电锯"刨"到身边，企图锯树。他很快发现，树干是斜着的，如果锯树，锯条会被树干死死夹住而无法再动。看来，几小时后自己就要到天国去了。

突然，罗伯格想到了"相反"的路——不锯大树，锯大腿……

罗伯格的"断腿求生法"，在 2003 年 5 月被科罗拉多州的一位青年演绎成"断臂求生法"。这位 27 岁的青年在犹他州一个国家公园玩耍时，不慎被一块 363 千克的巨石压住手臂，被困 5 天。最后，他用刀从手肘处砍断胳膊，得以逃生。

"断腿求生法"也有最新的"克隆版"。2007 年 6 月 1 日 7 时多，加利福尼亚州爱荷华山镇 66 岁的老汉阿尔·西尔在偏僻山区砍树时，不慎被倒下的参天大树压住左腿。他用手机打"911"求援，但信号太弱，无果而终。到了被困 11 小时之后的 18 时，他仍无法脱身，就毅然用刀砍断左腿，向家爬去。他的邻居艾里克听到他的呼救声，但无法背老汉走险峻的山路，只好下山打"911"。18 时 30 分，西尔被抬上救援的卡车，最终得救。

上述罗伯格等仨，都用逆向思维法得以自救。

逆向思维法还救了中国的火箭。

1964年6月下旬，炎热的中国西北大戈壁、大沙漠中。一枚火箭巍然矗立，流线型的尖锥直指苍穹，"欲与天公试比高"。

发射进入"15分钟准备"，大家紧张地等待着倒计时那个"0"的到来。

可出乎意料的是，人们等到的不是发射命令，而是阵阵警铃声。发生什么事了？

原来，出现了没有估计到的紧急情况：天气暴热，火箭推进剂——液态燃料的温度升高，汽化了，致使导弹贮备箱内的燃料减少。如果不立即采取措施，火箭的燃料不够，就达不到设定的目标。

怎么办？这是中国第一枚自行设计的近程火箭飞行试验，也是两年前试飞失败后的再试验。只许成功，不许失败！

然而，这种情况是第一次遇到，谁都没有经验。人人都在为寻找最佳方案苦苦思索。

讨论中，大家争论得十分激烈。当有人提出"再加燃料，加大射程"的建议时，一位挂着中尉肩章的高个子年轻人站起来说："不，不能再加燃料，相反要泄出适量燃烧剂，才能加大射程。"

大家一看，原来是3年前才从莫斯科茹科夫斯基航空学院毕业回国的工程师王永志（1932—2024）。

"什么？"有人以为自己听错了。

"要泄出适量燃烧剂，也就是减少推进剂总量。"王永志清清楚楚地回答。这下大家的耳朵听明白了，但听明白之后脑子却糊涂了。

照王永志的说法，岂不是推进剂灌得越少打得越远吗？这符合逻辑吗？符合常识吗？难道汽油加得越少，汽车跑得越远吗……看来，真理是

王永志

要"诞生在 100 个问号之后"了。

于是,当即就有人反驳说:"正因为气温太高,推进剂容易因汽化而减少,才出现了达不到射程的问题,所以必须增加推进剂,这是常识问题嘛!"

这时,王永志却一脸的兴奋。显然,他很满意自己提出的方案。为了这个方案,他思考、计算,连续几个晚上没有睡好觉。他当即解释说:"是的,一般看来,推进剂少了,火箭飞得更近而不是更远。但是大家反过来想一想,弹体重量影响速度,泄出适量燃烧剂,减轻了弹体重量,就能提高速度,不但不会影响火箭的发射距离,而且还会相对地飞得更远。"

"那么,你认为要泄出多少才能打中目标呢?"有人怀疑地问。

"600 千克。"

原来,由于太空中缺氧,火箭推进剂的组成,除了像一般动力机械那样需要燃烧剂,还要有一定比例的氧化剂。氧化剂比燃烧剂的沸点低,因此汽化的主要是氧化剂;按比例,氧化剂减少后,燃烧剂就相对多出了一部分。

王永志经过反复严密计算,认定泄出 600 千克燃烧剂后,推进剂正好能满足射程的需要。

"不行,哪能这么干?太冒险了!"大家纷纷议论,"再说,要把推进剂泄出来也有一定难度啊!"因为火箭内部有压力,要把里面的推进剂泄出必须非常小心,搞得不好容易出事故。"如果燃料不够怎么办?不要忘记两年前导弹掉下来的教训!绝对不能开这个超级大玩笑,拿国家的巨额资金和政治影响去冒险!"

没有人同意王永志的意见,任凭他磨破嘴皮也没有用。这也难怪,因为事关重大,又没有解决这一问题的先例,大家总想采取"保险"点的办法。有的还不明白这个年轻人为何如此"胆大包天"而且"执迷不悟",真是一只"初生牛犊"啊!

可是,已经加入燃料的火箭如不及时发射,也将造成重大损失呀!

在此关键时刻，王永志没有就此罢休，他鼓起勇气去找钱学森院长阐述自己的观点。这时钱院长也在为汽化问题绞尽脑汁。

仔细听了王永志的方案，钱学森目光中渐渐露出惊喜，兴奋地拍着年轻人的肩膀，连连点头说："对，对，有道理。"他还说："行，我看这办法行！"

钱学森平和地说着，但对王永志来说却像是如雷贯耳！这是一位科学巨匠、火箭权威所下的结论，它的分量该有多重啊！

果然，钱学森这一语千钧，很快就把大家说服了。

6月26日清晨，伴随一声震耳欲聋的巨响，导弹发射成功——按照"王永志方案"！

中国的火箭升空

1992年，花甲之年的王永志担任了运载火箭系列总设计师和中国载人航天工程总设计师。

对于王永志的逆向思维方法，钱学森大加赞赏，曾对人说："我推荐王永志担任载人航天工程总设计师没错。此人年轻时就露出头角，他大胆逆向思维，和别人不一样。"

似乎燃料越多，能量就越大，可以飞得更远，但同时又会增加整个火箭的重量。这里充满了辩证法。因此，火箭专家们除了采用多级火箭，也要用辩证法算算这个账。

2003年10月15—16日，中国发射载人的"神舟五号"以后，中央电视台演播厅请来了有关的"重量级"人物，我们就看到了中国载人航天工程的总设计师王永志。在2004年2月20日，他又和"黄土之父"——中国科学院院士、地球环境科学专家刘东生（1917—2008），一起荣获

刘东生

2003年度国家最高科学技术奖。"仰望苍天"和"俯瞰大地"的这对"天地英雄"同时获奖，成为中国科技史上的美谈佳话。

大富翁源于"组合"
——橡皮头铅笔的发明

1989 年初,59 岁多的摩洛哥国王(1961—1999 在位)哈桑二世(1929—1999)获得了一项美国发明专利——世界上第一位国家元首首次获得的美国专利。

我们要问,日理万机的哈桑二世有何高招妙诀,能做出让"第一科技强国""怦然心动"的发明?他"惊人"的发明是什么?

哈桑二世

我们暂撂下不表,先看另一个使穷画家变大富翁的发明。

现在,有的铅笔的一端有一粒小橡皮,它与笔体用一个金属箍相连接。这种铅笔是日本的两个小朋友发明的,他们将这一发明写信告诉一家铅笔厂。该厂立即采纳并生产出这种铅笔,还向他们颁发了奖金。

也有人说,这种橡皮头铅笔首先是由美国人海曼·利普曼和他的朋友威廉发明的。

利普曼是美国佛罗里达州的一位画家,他家境贫穷,一支铅笔削了又削,用秃了还舍不得扔掉,橡皮擦用得只剩一丁点儿大,也十分珍惜。

有一天,利普曼正全神贯注地创作一幅题为《梦中的少女和绅士》的画,他全身心地沉浸在创作的激情中,短秃的铅笔捏在指缝间也还得心应手。他画一会,停下来瞧一会,反复地揣摩。发觉有不妥当的地方，就使用那一丁点大的橡皮擦擦掉重画。"少女……绅士……"他心中默默念叨，想着这画能卖大钱，能使自己出人头地，能……心里十分畅快。

忽然，利普曼发现了一处败笔，赶忙去找橡皮擦，可那该死的"小家伙"突然不知去向了。找来找去，费了好大工夫才在墙脚边找到。找着了橡皮擦，短秃的铅笔又不见了。真是见鬼！当然，这种情况已不是头一回了。

"看来，得想个办法。"想来想去，利普曼用线将橡皮擦拴吊在铅笔上，这样，用起来就好多了。可是，用了一会，橡皮擦就掉下来了，再拴上，又掉了下来。"真烦死人了！"

"我非要把它们弄好不可！"正在这时，利普曼的朋友威廉来了。他看到利普曼用线拴吊在铅笔上的橡皮擦，就突然想出一个办法：用一块铁皮，将橡皮擦固定在铅笔顶端……一用，又结实又方便。

不久，威廉和利普曼将这"合二为一"的铅笔送去申请了专利。后来，他们将这项专利卖给一家铅笔公司，得到每年 50 万美元的专利费，成了大富翁。

很明显，发明橡皮头铅笔用的是组合方法。

组合方法引出的科技发明随处可见。

在爱迪生 1877 年发明的"留声机"中，没有一种新东西，仅仅是锡纸、圆筒、螺旋杆、尖针、薄膜……的组合；但就是这个"能说话的组合"在《科学美国人》杂志"说话"时，就引来了"几乎把楼板压塌"的一大群记者。

钢筋混凝土是混凝土、钢筋的组合，但这就使构件既不怕受压，又不怕受拉。一种"安全玻璃"也是"混凝土"——玻璃加上"钢筋"——高强度纤维制成的。

沙发和床组合就成了沙发床，热水瓶和杯子组合就成了保温杯。

前面那位摩洛哥国王的发明，"只不过"是把录像带和心电图仪结合在一起的、研究心脏功能的一个系统；它用于研究人锻炼时心脏的活动能力……

"橡皮头加铅笔"是一种简单的、机械的"1＋1＝2"的"低层次"组合，它并没有使原有"元素"各自的功能发生改变。

组合方法更大的魅力在于，有时候会有"1＋1＞2"的质的飞跃，这是"高层次"的组合。笛卡儿、费马将代数和几何一组合，就诞生了绝妙的解析几何——它不但是一门学科，而且是一种新方法和新思想。光电检查仪和电子计算机图像识别技术结合就成了神奇的"CT"……

组合方法还可分为主体附加组合、同物组合、异物组合等。

主体附加组合是指在原有"事物"上添加新的"附件"。自行车的轮胎，是英国邓禄普在1888年用浇水管（"附件"）和硬轮子（"事物"）组合成的，但这就把"震骨器"变成了舒适的"坐骑"。

同物组合是指把相同"事物"进行组合，例如单层汽车组合为双层汽车，组合衣柜等。

异物组合是将两种或以上不同的"事物"进行组合。橡皮头铅笔就是一个实例。

当然，如果再细分，异物组合还可分为近缘异物组合、远缘异物组合、定向异物组合、重组异物组合等。

美国著名创造工程学家、发明家亚历斯·费肯·奥斯本说："研究问题产生设想的全过程，主要是要求我们有对各种思想进行联想和组合的能力。"通过前面大量的实例和奥斯本的话可见，组合方法是一种十分重要的科学方法。

刮胡子时的思考
——安全剃须刀的发明

一个人刮掉了胡子，就引出一场旷日持久、影响巨大的战争。你相信吗？

在欧洲，蓄须始终风行于整个中古时代，其原因或许可以归于法兰西国王（1137—1180 在位）路易七世（1121—1180）那次可怕的经历。1150 年，他的主教们命令他剪掉头发，刮去胡子。不幸的是，国王的首任妻子、阿基坦女公爵——王后（1137—1152 在位）埃莱亚诺（1121—1204），发现他的这副样子十分可笑，以致与他人勾搭成奸。国王遂与她离婚。后来，她嫁给安茹公爵（其后登上英格兰王位，称亨利二世），将法兰西富饶的普瓦田和吉耶讷两省当作嫁妆带走。此事引发了著名的、1337—1453 年英法之间的"百年战争"，有名的法国民族英雄——"圣女"贞德（1412—1431），就是这一时期的风云人物。英格兰和法兰西骑士品质的内在精华在这场战争中消失殆尽，再未恢复。

当然，这样来说胡子的重要性，多少带有调侃的味道，但"为了胡子"，我们用上了"十八般武艺"和"108 种兵器"，却是不争的事实：从古老的单面直刃剃刀到更为方便、安全、快捷的电动剃须刀，还有早在 1895 年就获得专利权的、我们这个故事要说的"安全剃刀"……

金·坎普·吉列（1855—1932）是美国某公司的推销员。由于职业特点，每天出门之前都要整饰仪容，剃剃胡须。剃须刀每次都要用

荡刀皮去磨，比较麻烦，有时还剃不干净，甚至还经常不小心刮破脸。吉列决心要发明一种安全剃须刀，但长期苦思冥想不能解决。当时，美国发明家史蒂文·波特（Steven Porter）建议他发明一种廉价的"用完即扔"的产品。受这个建议的启发，他联想到去设计能更换刀片的安全剃须刀。

吉列

1895 年的一天早上，吉列在理发时，透过镜子看到理发师修剪头发时用梳子梳进头发之间，然后用剪子剪去冒出梳齿的头发，他立即把这种情况与自己想要发明的安全剃刀联系起来——头发相当于胡须，梳子相当于安全剃须刀的刀架，剪子相当于刀片。

回家后，吉列将买来的小虎钳、黄铜零件、弹簧锁用的弹簧钢等，用木头按上述设想制作起模型来。他把一个锐利的钢质薄刀片夹在两块金属片里，让刀片伸出来形成适当的刀刃，使不大细心的人也不会再轻易刮破皮肤。后来，在美国

安全剃须刀

机械师威廉·埃默里·尼克森（William Emery Nickerson）的帮助下，用黄铜和钟表的钢发条做成了几件样品。经过反复试验，终于在 1895 年制成了安全剃须刀的雏形。吉列也成为安全剃刀和刀片的发明人和专利权人。

吉利从梳子联想起刮胡刀而发明安全剃须刀，用了联想发明法。

雏形完成 5 年以后，即 1900 年年末，吉列颇具雄心地计划在来年大量制售这种新式剃须刀。吉利说服了几位朋友共同投资，在 1903 年正式创立了吉列安全剃须刀公司。

尼克森的设想之一是要制造具有一定重量的刮脸刀柄，以便容易准确地调节刀刃和安全支架。到了 1902 年，他们最终决定了刀片的适当大小、形状和厚度，发明了薄片钢的淬火法和退火法，确定了刀盖和支架的尺寸，设计出刀片开刃机。

万事开头难。1903 年，公司只卖出 21 把剃须刀和 168 个刀片，然而，第二年却销售出 1 500 万把，1906 年，公司开始赢利。其后，销售额得到惊人的增加。到了 1932 年，公司的年产量竟增至 10 亿把。至今，吉列已是全球驰名的公司和品牌了。

发明家吉列 1855 年 1 月 5 日出生在威斯康星州的冯杜拉克，在芝加哥长大并接受教育。他的父亲是业余发明人，母亲曾撰写过一本很畅销的烹饪书。因为家产毁于 1871 年的一场

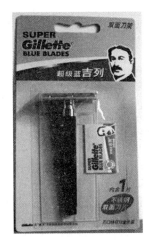

吉利手动剃须刀实物图片

大火，他被迫出外谋生。吉列年轻时在美国中西部干过多种低工资收入的活。有一位雇主注意到他爱好摆弄机械，这种爱好有时会促使在商业上获利的发明的诞生，于是劝他发明一种消耗性商品。这时，吉列正在研磨一种永久性的单面直刃剃须刀……接下去就是前面所说的成功。

吉列与尼克森发明的这种新式剃须刀的最大优点，是装有可更换的双面刀片，使用效率高，安全方便。

虽然吉列凭借其发明成为百万富翁，但他却讨厌人性中存在的倾轧恶习。早在他成功之前的 1894 年，他就写过几本书倡议在尼亚加拉大瀑布建立一个充满信任合作的社会，可以依靠大瀑布提供的没有污染的能源来生活……

但这在当时的美国，显然是一个美好的乌托邦之梦……

吉列当自己公司的经理直到 1931 年。翌年 7 月 10 日，他在洛杉矶开始了永远没有乌托邦之梦的长睡，遗体最终安葬在加利福尼亚州格兰岱尔市的森林草坪纪念公园公墓……

天上"钟摆"与地上"踏板"
——竞斗中的运筹

　　猪圈里有一头大猪和一头小猪。猪圈的一边有个踏板,每踩一次踏板,在远离踏板的投食口就会落下少量的食物。

　　如果有一只猪去踩踏板,那另一只猪就有机会抢先吃到另一边落下的食物。

　　当小猪踩动踏板时,大猪会在小猪跑到食槽之前吃光所有的食物;如果是大猪踩动踏板,则还有机会在小猪吃完落下的食物之前跑到食槽,争吃一点残羹。现在的问题是:"两只猪各会采取什么策略?"

　　答案是:小猪舒舒服服地等在食槽边,而大猪则为一点残羹不知疲倦地奔忙于踏板与食槽之间。这就是博弈理论中著名的"智猪博弈"。

　　天上也有这类博弈。

　　第二次世界大战后期,盟军为开辟第二战场做准备,想利用轰炸尽可能多地摧毁德军的工业设施及军事目标,同时要减少自己空中力量的损失。要同时达到这两个目标,困难很大,因为美国本土与德国远隔重洋,空军只能部署在英国、北非等少数地域,而

第二次世界大战时的美国
B-25"米歇尔"轰炸机

需要打击的德军目标却几乎遍布整个欧洲。如果进行传统意义上的重点轰炸,又面临德军强大的防空体系,美空军长途奔袭,将劳而无功或大量损兵折将。

为此，盟军组织了包括统计学家在内的参谋智囊团，寻求对策。最后，智囊团针对上述两个目标，运用统计方法对敌我双方的力量及实战资料做出综合分析，提出了两个作战方案。

一是"舍本求末"，集中力量轰炸其防卫薄弱但有巨大潜在作用的基础工业。二是实施我们要重点说的"钟摆轰炸计划"。

智囊团中的统计学家根据被德军击伤、击落飞机的统计资料发现，在实施轰炸前和轰炸时被击中的损失，低于返航途中的损失。这是因为德军经常采取"守株待兔"的策略——在受到轰炸后，立即调动战斗机在盟军的返航路线上控制有利位置，严阵以待，盟军轰炸机因此损失不少。

统计学家因此提出了"钟摆轰炸计划"：盟军飞机从英国机场起飞，轰炸完后，并不向西返回英国基地，而是继续向东飞到当时的盟友苏联境内。在苏军飞行基地休息一段时间，补充燃料弹药后再向西飞行进行轰炸，最后返回英国。这就好像钟摆从一端摆向另一端，然后又摆回来，周而复始。这样，常造成德军防空系统判断失误，无法做出有力的回击。盟军由此减少了伤亡。

通过一年多的钟摆轰炸，盟军飞机穿梭于东西方的各个机场，向德国投下了近十万吨炸药，给德军以沉重打击。

盟军用的方法，叫博弈论方法，更细一些，则叫战争博弈论方法。

博弈论方法又称对策论方法，是运筹学方法的一个分支。运筹学方法也是数学方法中的一种。运筹学方法另外的分支是：线形规划方法、非线形规划方法、排队论方法、搜索论方法、存储论方法、图论方法等。

运筹一词源于中国古书《史记·高祖本记》中的"运筹策帷幄之中，决胜千里之外。"运筹学一词于1938年最先出现在英国，英国叫"operational research"，4年后美国人研究的时候叫"operations research"。由于1922年诺贝尔生理学或医学奖（因为肌肉能量代谢等方面的研究）的两位得主之一——生物物理学的创始人、英国生理学家阿奇博尔德·维维安·希尔（1886—1977），在第一、第二次世界大战期间对运筹学的巨大贡献，所以他被称为"运筹学之父"。

希尔

中国战国时期的齐国军事家孙膑受到同窗庞涓迫害之后，投奔了元帅田忌。他出主意用较低级的马，战胜齐威王较高级的马的谋略，就是一种对策问题——矩阵对策问题的解。这就是著名的"田忌赛马"。沈括在惊世名著《梦溪笔谈》中，也记述了他在1081年，领兵用运筹学方法击溃西夏乱兵7万之众的事。

博弈论不但用于竞斗中，还在许多领域有广泛应用。著名的美国数学家约翰·纳什（1928—2015）的《非合作博弈论》，就是经济学的重大成果，他因此和另外两人共享1994年诺贝尔经济学奖。

大批枪支如何造
——生产需要"标准"化

1797 年，美国政府急需 4 万支毛瑟枪。

这虽然是一笔大生意，但是谁也不敢接。

原来，在 18 世纪以前，毛瑟枪是很先进的武器，制造毛瑟枪的铁匠是当时最巧的铁匠师傅。在那时，毛瑟枪是一支一支单独制造的，如果哪一支枪的某一个零件坏了，只能请铁匠师傅照着原来的零件再打一个才行。有时，配一个枪栓，要等好几天才能配制出来。在短期内要制造这么多枪是很困难的。虽然政府以高价招标，但都因为能够造枪的铁匠太少而不敢投标。

1798 年，名义上发明了轧棉机的美国的年轻军火制造商伊莱·惠特尼（1765—1825），为了揽下这宗大买卖，想出了一个好办法。他在自己的工厂里进行了试验，果然效果很好。当惠特尼提出要与政府签订合同的时候，美国第 3 任总统（1801—1809 在任）杰弗逊（1743—1826）要亲自到他的工厂去考察。

惠特尼

在惠特尼的厂房里有许多毛瑟枪零件，每一种零件堆成一堆。他请总统和随行人员从每堆里各取出一个零件，按他所说的方式组装起来。只花了几分钟，一支毛瑟枪就组装成了。由此，总统相信他能按期完成这 4 万支枪的任务，就和他签了合同。

原来，惠特尼为提高制枪的效率，把各部分零件统一了规格，分零件组成制造车间，每个车间只配上很少的会造枪的师傅去指导一大批工人制造同一种零件，然后，汇集各种零件，统一组装成枪。

1871 年的毛瑟枪

　　惠特尼的这种方法就是现在常说的"标准化生产方法"，它源于惠特尼的"互换性"概念。这一方法大大提高了生产效率，带来了工业生产的一场革命。

　　"标准化""系列化""通用化"是现代生产技术科学管理的基本原则之一，也是专业化和大生产发展的纽带。有了这"三化"，我们就不必担心买的灯泡对不上灯头，也不必担心买的螺母旋不进螺丝杆了……

最佳路径何处寻
——葡萄园里寻灵感

20 世纪的一天，法国首都巴黎。"急电！给格罗培斯的！"出生在德国的美国世界建筑大师沃尔特·格罗培斯（1883—1969）正在这里参加一次庆典活动，突然接到一封急电。

什么事这样风风火火？

打开一看，是美国迪斯尼乐园的施工部发来的。

原来，格罗培斯设计的迪斯尼乐园经过 3 年的精心施工，马上就要对外开放了，然而各景点之间的路该怎样铺，还没有具体的方案。开园在即，施工部打来催促电报，请他赶快定下来。

格罗培斯是美国哈佛大学建筑学院的院长、现代主义大师和景观建筑方面的专家，他从事建筑研究 40 多年，攻克过无数个建筑方面的难题，在世界各地留下 70 多处精美的杰作，然而建筑学中"最微不足道"的一点——路径设计，却让他大伤脑筋。他对迪斯尼乐园各景点之间的道路设计，已修改了 50 多次，但仍都不满意。

接到催促电报，格罗培斯更加焦躁不安。巴黎的庆典一结束，格罗培斯就让司机驾车带他去了地中海海滨。他要清理一下思绪，争取在回国之前把方案定下来。

汽车在法国南部的乡间公路上奔驰，这儿是法国著名的葡萄产区，漫山遍野都是当地居民的葡萄园。一路上，格罗培斯看到无数的葡萄园主，把葡萄摘下来，提到路边，向过住的车辆和行人吆喝叫卖，却很少有人停车购买。

当他的车子拐入一个小山谷时，发现了一处"世外桃源"——那儿停满了车。

原来，这儿是一个无人葡萄园——只要在路旁的箱子里投入 5 法郎，就可以摘一篮葡萄上路。

这是一位老太太的葡萄园，她因体弱年迈无力料理，才想出这个办法。起初，她还担心这种办法是否能卖出葡萄。谁知在这绵延上百千米的葡萄产区，总是她的葡萄最先卖完。她这种给人自由、任其选择的做法使大师深受启发。格罗培斯下车摘了一篮葡萄，就让司机掉转车头，立即返回巴黎。

回到住地，格罗培斯立即给施工部拍了封电报：在乐园要修路的地方撒上草种，提前开放。

施工部按格罗培斯的要求撒了草种。没多久，小草长出来了，乐园的空地被绿草覆盖。

在迪斯尼乐园提前开放的半年里，草地被踩出许多小径。这些踩出的路径有宽有窄，优雅自然。

第二年，格罗培斯让人按这些踩出的痕迹铺设了人行道……

它是老太太葡萄园那些道路的移植……

1971 年，在伦敦国际园林建筑艺术研讨会上，迪斯尼乐园的路径设计被评为世界"No. 1"。

在这个世界上，当我们不知道怎么办的时候，选择顺其自然，也许是最佳选择。同样，人在生活中无所适从的时候，选择顺乎本性，也许不失为聪明之举。

其实，正如中国著名学者林语堂（1895—1976）所说："最好的建筑是这样的，当我们居住在其中的时候，感觉不到自然在哪里终了，技术从哪里开始。"

"无为而治"嘛！

袋鼠式起跑得金奖
——仿生方法趣谈

现在体育比赛时，短跑运动员都是蹲着起跑的。这种起跑的方式从何时开始、为何要这样起跑呢？

原来的运动员都是站着起跑的。直到 1887 年，一个美国人注意到欢蹦乱跳的大袋鼠迅跑如飞，才采用了蹲着起跑的姿势。第二年，一位名叫查·舍里尔的澳大利亚运动员，在苦于运动成绩停滞不前时，也采用了这种起跑的姿势。

原来，看起来大腹便便的袋鼠，闲跳时一跳有 1.2～1.9 米，急跳时一跳可达 12 米。如果需要，它可以用 70 千米/时的速度和汽车赛跑。特别是它的起动速度极快，令人羡慕不已。经过仔细观察，舍里尔发现袋鼠在跑跳之前，躯体总是向下弯曲，腹部几乎贴近地面，然后"弹射"起跑。于是，舍里尔一反多年来站立起跑的传统，采用蹲下的"袋鼠式起跑"。这样，他和教练都觉得成绩提高了许多。

1896 年，在希腊首都雅典召开了第一届现代奥运会，"袋鼠式起跑"显示出它的威力——查·舍里尔取得了优异的成绩。美国运动员托马斯·埃德蒙·（汤姆）·布克（1875—1929）在 100 米跑决赛时，与众不同地在地上挖了一个小坑，然后把一只脚放入坑内，曲身蹲在起跑线后。发令枪刚响，他就像离弦的箭一样射了出去，最终以 12 秒的成绩赢得冠军。他还用这种起跑

布克

法，以 54.2 秒的成绩赢得这届"奥运会"的 400 米跑冠军。

从此，模仿袋鼠的蹲式起跑便在世界短跑运动中流行起来。所不同的是，现在已不用在起跑时挖一个小坑，替代它的是起跑器—— 一个三角形的物件。

舍里尔和布克用的方法是仿生方法。由此还诞生的了一门学科——仿生学。

仿生方法是指通过研究生物系统，制作模拟其卓越机能的装置的科学方法。

起跑器

仿生学诞生于 1960 年秋，因为此时在美国俄亥俄州召开了第一次仿生学研讨会，开会这天便成为仿生学诞生之日。实际上，为此奠基的时间则早得多。1948 年，美国数学家、控制论专家维纳（1894—1964）就提出"在动物和机器中的通信和控制"问题，而"仿生学"这一名词则是 20 世纪 50 年代由美国科学家斯蒂尔提出来的。

仿生的实例在古代就有了。例如，人们看到鱼类摆动尾巴的形态发明了船用摇橹，根据鱼儿摆动的胸鳍在木船的两侧设置一对叶桨。

近代仿生的例子不胜枚举，"恐龙钻头"就是其一。

恐龙是史前巨型爬行动物，它每天至少

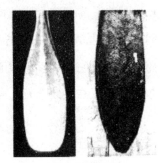

叶桨和海狸的尾巴

得吃好几吨食物。恐龙偏偏只长着一张小嘴，那它是怎样解决摄食问题的呢？科学家在研究恐龙中的鸭嘴龙的化石之后，终于找到了答案。

原来，鸭嘴龙的牙齿结构很特殊，在牙床上重重叠叠地长着一排排牙齿，有 400~500 颗。如果上面的牙齿磨掉了，下面的牙齿就会补上去。鸭嘴龙一生中要磨坏上千颗牙齿。同时，为了防止牙齿磨损后无法摄食，它的牙齿还是双层的，外层的牙齿不能使用了，内层的牙齿就自动递补上来继续使用。据此，机械设计师模仿鸭嘴龙牙齿的排列形状，制成了恐龙钻头，它的钻进速度是一般钻头的 $1.5 \sim 2$ 倍。这种新钻头也是两层，内层的齿嵌在较软的材

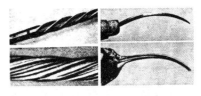

一角鲸钻头与一角鲸的剑状吻　　弯曲的锥子与反嘴鱼的嘴

料上。当外层的齿磨钝了无法使用时，钻头继续旋转，就会将这层软材料磨掉，露出内层的齿，钻头又可以继续钻进了。这样，钻机就减少了调换旧钻头带来的麻烦。仿此的发明之一还有"一角鲸钻头"。一种弯曲的锥子，便于把鞋底与鞋帮穿纳在一起，则是仿反嘴鱼的嘴的发明。

类似的发明无处不在：老虎钳、（盖房子用的一种）瓦片、齿轮、起重机的挂钩……

老虎钳和蟹螯　　瓦片和蜥蜴的鳞甲

齿轮与海星　　起重机的挂钩与树懒的爪子

中国的"五禽戏"、猴拳、螳螂拳、蛙泳、蝶泳、"狗爬式"，是运动健身中的仿生运动。《百鸟朝凤》、"狮舞""虎跳"，是娱乐中的仿生。"鱼尾冠""鸭舌帽"，表明仿生已进入服饰文化。扬州的"狮子头"、北京的"虎皮蛋"，是仿生进入饮食文化。汉字造字的"六书"之一——象形，就是直接模仿生物的形象而造成的。鹤嘴锄、刺猬耙、牛角刀、雀舌凿，是受生物启发制作的手工机械……"仿生"的例子不胜枚举。古希腊著名哲学家德谟克里特（约公元前460—前370）甚至说，在住宅建筑方面，我们是燕子的学生。

仿生的种类繁多：人体运动仿生、形体仿生、生物力学仿生、生

物动力学仿生、结构仿生、分析仿生、神经仿生、组合仿生等。

德谟克里特

控制论、系统论的先驱之一——英国精神病学家威廉·罗斯·阿希贝（1903—1972），在1965年出版的《控制论导论》一书中，曾说："把生命机体和机器做类比工作，可能是当代最伟大的贡献。"此话不无道理：仿生学的确是使现代人类受益匪浅的一门学科。

清晰照片是这样拍的
——蝇眼与鲨眼的启示

一个天文学家正在发愁：面对一张张模糊的星球照片，他该怎么办呢？

我们先把他的难题搁一下。

苍蝇是我们讨厌到恶心的动物，然而，我们还要当它的学生呢！

原来，苍蝇有灵敏的视觉。分辨率极高的苍蝇复眼，由 3 000 ~ 4 000个呈六角形蜂窝状的单眼组成，能各自成像；它看清物体轮廓的时间只需要人的1/5，即只要约0.01秒，因而能得到一连串目标物的影像；它的视角大，达到350°——人的两眼仅约150°——因而视野开阔。

仿此，人们已经造出镜头由 1 329 块小透镜组成的蝇眼式照相机，可一次拍出 1 329 张分辨率达 4 000 线/毫米的高清晰度照片。用它可大量复制超大规模集成电路的精细图版；高效进行邮票制版，一次即可制成印几十张邮票的一个版；或做特技摄影；有的科学家还用来研究高能宇宙射线的成分和起源。

一般来说，生物单眼越多、面积越小，光点就越密，形成镶嵌图像也就越清晰。像"飞行之王"蜻蜓的每个复眼，就由 10 000 ~ 28 000个单眼组成。蝶蛾类是 12 000 ~ 27 000 个单眼：凤蝶是 17 000个，天蛾是 27 000 个。龙虱是 9 000 个单眼。萤火虫的单眼有 4 000 多个。蜜蜂的单眼则因"种"而异，如蜂王是 4 920 个，工蜂是 6 300个，雄蜂是 13 090 个。

当然，仿蝇眼并不只限于用在照相机上。各种仿蝇眼的探测器能准确测出高速运动的飞机、导弹、火箭等的速度。

蜜蜂也有辨别方向能力很强的复眼，科学家们仿此研制的仪器可使海员或飞行员在乌云密布的天气里不致迷航。

科学家们仿萤火虫的单眼的排列方式，制成了一种复眼透镜，用它组成的光学系统，可记录立体信息、激光制导。

象鼻虫和螳螂的复眼原理，我们在后面还要谈到。这一原理，在20世纪60年代就已用来装备追踪系统，遥测飞机的速度。

现在来解决前面那位天文学家的难题。

科学家在研究中，从一种长相奇特的海洋动物——鲎（hòu）的眼睛中得到

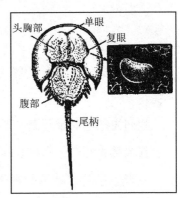

中国鲎（背面）和它的复眼

启发。鲎的胸部、腹部藏在甲壳中，嘴长在头胸之间，嘴边长的钳子般的小腿用来帮助摄取食物，嘴周围的10条大腿用于爬行，它的身后拖着一条硬剑似的尾巴。鲎有4只眼睛——被称为"四眼怪"，前面有一对单眼，像灵敏的电磁波接收器一样，能接收到深海中最微弱的光线。在头的两侧，分别还有一只复眼，每只复眼里有上千只非常小的单眼。每只单眼只能看到物体的一小部分，但是上千只单眼看到的图像合在一起，就能得到一个完整的图像。鲎的复眼还能将接收到的信息进行加工处理，舍去微小细节，突出边缘，使图像的轮廓更加清晰。

科学家们模仿鲎眼的这种奇特功能，制成了一种电子仪器，图像模糊的月亮和火星等星球的照片、云图照片以及X光照片等，放进这台仪器中，顿时就变得清晰起来。天文学家的难题就这样解决了。

电视摄像机装上这种电子仪器以后，在微弱的光线下也能提供清晰度很高的电视影像。如果给照相机镜头配上类似的仪器，那么在飞机上拍摄的照片，就和地面拍摄的景物照片一样清晰可辨。

鲎被称为"活化石",是地球上最早的"居民"之一,在4亿多年前还没有鱼类时它就存在了。福建沿海的中国鲎,当地人叫它"两公婆"。它在生长成熟前都是雌性的,进入繁殖期后,有的雌鲎会转化为雄鲎,且个子比雌鲎小。雌鲎总是背着雄鲎一起漫游,有经验的渔民只要抓住死抱雌鲎的雄鲎,就能"捕一得二"了。

在飞机的照相机镜头上配装"鲎眼仪器"

通过对昆虫复眼的研究,科学家们从20世纪70年代中期开始,先后发展了焦平面列阵探测仪即凝视探测仪、扫积型探测仪;20世纪80年代后期开始研制超晶格探测仪——它的敏感元件只有几个或几十个原子的厚度。

象鼻虫和螳螂的启示
——速度计的诞生

在昆虫世界中，有一种象鼻虫（注意：不是吃竹笋那种象鼻虫），它很小的头部向前突出，呈象鼻状，腹部由 5 节构成。它对农作物——例如棉花——危害很大，然而它在另一方面对我们却很有帮助。

原来，它的复眼是一个天然的速度计，看东西虽然不如高等动物看得清楚，但其眼的优异结构对于飞行目标，

棉花叶子上的象鼻虫   象鼻虫的头部

像小虫等飞行的速度、距离以及方向等却测得又快又准，是高等动物的眼睛所望尘莫及的。

象鼻虫是根据飞行目标从复眼的一点移动到另一点所需要的时间，来测量飞行目标的运动参数的。同样地，如果目标不动，就可以测量出自身相对于目标的飞行速度。

象鼻虫复眼的功能和工作原理，启示人们研制成一种电子仪器——"地速计"。

飞机地速计是在机身或机头、机尾上安装两个光电管，并把两个光电管都接到电子计算机上。两个光电管依次接收地面上同一目标的光学信号，电子计算机根据两个接收器之间的夹角、收到信号的时间差和当时的飞行速度，就可以算出飞机相对于地面的飞行速度，并通过仪表显示出来。

飞机地速计的制成，解决了飞机驾驶员的一个难题。它专门用来测量飞机相对于地面的飞行速度，在地面和飞机上都可以使用，还可测出火箭攻击目标的相对速度。

螳螂捕捉小昆虫

螳螂能在 0.05 秒内"计算"出眼前小昆虫的速度、方向、距离，从而准确地将其捕获。根据它的复眼原理，在 20 世纪 60 年代就已用来装备追踪系统，制成了"虫眼速度计"。

螳螂复眼跟踪飞虫时，位于颈部的本体感受器也开始了工作。本体感受器有两组由数百根弹性纤维组成的感受垫，飞虫向右边掠过，螳螂就把头转向右边，使右感受垫的纤维被压弯。头部旋转的角度越大，被压弯的弹性纤维越多。与此相对应，左感受垫里有同样根数的纤维伸直了。纤维的弯曲或伸直，会刺激位于它们基部的感受细胞，使脑子形成不同的兴奋信号，通过这种兴奋信号的差别，螳螂脑子里就测出了飞虫运动的速度。

虫眼速度计除了可遥测飞机的速度，装在飞机上还可在着陆时随时测知它相对于地面的速度，从而做到不快不慢地准确起降。装上虫眼速度计的导弹能更准确地飞行。

青蛙、鸽子、鹰……
——神奇的"电子蛙眼"家族

　　早期的雷达能显示某一给定时刻飞机、导弹等目标的位置，但之后的时刻，目标的位置却无法及时显示，且干扰太多时，影像往往模糊不清。这就需要科学家们发明出只追踪运动目标的仪器。

　　科学家们在蛙眼上得到了启发。

　　一只小青蛙蹲在池塘中间的一张大荷叶上，鼓起两只大眼睛望着前方，一动也不动。这时，有两只蚊子一前一后地从小青蛙眼前飞过，就在这一刹那，小青蛙张开大嘴，翻出长舌将一只蚊子粘住，吞下肚去。与此同时，另一只蚊子慌忙落在荷叶上，不敢动弹。

　　咦，小青蛙怎么不去捕捉，难道它吃饱了，还是怜悯这只吓慌了的蚊子？不，都不是。答案就藏在青蛙的眼睛内。

　　青蛙的眼睛构造特殊，蛙眼里有 4 种视神经纤维，即 4 种检测器。它像 4 张感光的照相胶片，显映出昆虫 4 种不同的图像。这 4 种神经纤维同时工作，一个复杂的图像便成了 4 种容易辨认的特征，并传送到蛙脑中的视神经中枢——视顶盖。在视顶盖里，从上到下一

青蛙善于捕捉运动着的小昆虫

层一层地排列着视神经细胞，每一层都只反映一种图像：物体的轮廓、亮度的变化或昆虫的移动……4 种图像叠在一起，青蛙就得到了运动的、立体感很强的综合图像，就能迅速判断出现在眼前的是什么物体。如果是它爱吃的苍蝇或蚊子，它在刹那间就能捕捉到，如果是敌害，就立即躲避。

有趣的是，蛙眼还有一个"与众不同"之处——对静止不动的昆虫一概视而不见，对死苍蝇、死蚊子，即使它十分饥饿，也因为看不见而不去吞食；因此，前面的另一只蚊子就用"不动弹"来躲过了劫难。

揭示了蛙眼的秘密，科学家制成了"电子蛙眼"，实现了"只追踪运动目标"的愿望。

电子蛙眼像真的蛙眼那样，能迅速地确定目标的位置、运动方向及速度。电子蛙眼还能把要搜索的目标与其他物体分开，特别是把目标与背景分开，甚至能识别真假导弹，防止以假乱真。

将电子蛙眼安装在机场上，可以监视飞机的起飞、降落和空中的活动。一旦发现两架飞机可能相撞，电子蛙眼会立即发出紧急警报，防止发生事故。如果飞机偏离航道，电子蛙眼也会发出信号，使地面指挥员能及时纠正飞机的航向。

科学家还模仿蛙眼研究成功一种能跟踪人造卫星的系统，随时接收人造卫星搜集到的情报。

类似的，鸽眼的一个特别之处在于，它能识别"特别感兴趣方向"上运动着的物体，人们仿此建造了能发现定向飞行物体的雷达系统"电子鸽眼"。将它安装在雷达上，它对从自己阵地上飞出去的飞机视而不见，但是当敌机或敌方导弹来袭击时，它能立即察觉，并测定它的行动方向。这种定向本领是"定向仿生"的研究课题。

鹰的视距是人的几倍，视野开阔。更神奇的是，鹰眼用低分辨率的宽视野部分——视网膜的外周搜索目标，用高分辨率的窄视野部分——视网膜的中央仔细搜索已经发现的目标。这就保证了它既能"看得远""看得宽"，又能"看得清""看得细"。

"电子鹰眼"就是模拟鹰眼制成的。一个飞行员单凭眼睛观察，在6千米的高空中，只能看到两侧10千米以内、前方一二十千米以内的目标；电子鹰眼却可以把在更广阔的区域看到的图像变成电信号，在电视屏幕上显示出来。导弹上安了电子鹰眼，就能像鹰一样寻找和识别目标，并且自动跟踪、攻击对方。

拜鱼眼为老师
——超广角镜的发明

在人的感觉器官中，最完善、最精巧的是眼睛。照相机就是模拟人眼的构造和工作原理制造的。然而，人眼也有不足之处。如果以看得见的标准来计算，人两眼的视角大约为150°，但是按能看清楚的标准来计算，视角就只有5°左右了。

在动物界里，以一只眼睛来说，鱼眼和兔子眼的视角最大，有的大到160°～175°，两只眼睛就可达到320°～350°，"盲区"就很小了。

科学家研究了鱼眼以后，模仿鱼眼制成了一种视角为180°的"超广角镜"——"鱼眼镜头"。

鱼眼镜头拍摄的广角景物

用这种镜头制成的"鱼眼照相机"，能使整个空间的物像一下子都"尽收眼底"，投射到小小的一张底片上。这时图像就像鱼眼看到的那样，变成了弧形，因而用鱼眼照相机可以拍摄的范围就大多了。

鱼眼镜头不但可以用于普通摄影，还有许多特殊用途。在水下摄影时，由于鱼眼镜头视角大，可以尽量靠近准备拍摄的物体，这就减少了镜头和被拍摄物体之间水的遮隔，使水下拍摄的照片十分清晰。当人们用电视来监视某个场景时，普通的摄影镜头由于视角太小，必须附加一个装置，使镜头不停地来回扫描，而换上鱼眼镜头后，整个场景就一目了然了。

追踪微弱毒气和罪犯
——从苍蝇触角与狗鼻找灵感

苍蝇不但有灵敏的视觉，还有灵敏的嗅觉。它的"鼻子"比狗鼻子还灵敏，远在 5 千米外的气味也能闻到。

仿生学家由此得到启发，根据苍蝇的嗅觉器官的结构和功能，研制出一种小型气体分析仪。这种分析仪一旦发现气味物质的信号，就能发出警报。这种仪器已被安装在宇宙飞船内，用来检测舱内气体的成分。

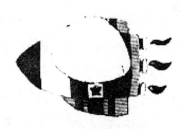

小型气体分析仪示意图

这种仪器也可测量潜水艇和矿井里的微弱毒气或其他气体。例如，美国科学家勒·凯伊在 20 世纪 70 年代制造的"半生物"仪器——矿井瓦斯报警器就是一个例子。

以上是"神经仿生"的实例。

苍蝇怎么会有这种"特异功能"呢？原来，它头部的一对触角就是它的"鼻子"——嗅觉感受器，每个"鼻子"只有一个"鼻孔"与外界相通，内含上百个嗅觉神经细胞，感觉特别灵敏。若有气味进入鼻孔，这些神经立即把气味转变成神经电脉冲，送往大脑。大脑根据不同气味所产生的不同的神经电脉冲，就可区别出不同气味的物质。

可能有读者朋友会问，苍蝇的"鼻子"是用来感知的，那它用什么器官来呼吸呢？原来，它的呼吸器官是腹部两侧排列的若干个小孔。

当然，苍蝇"值得我们学习"的还不只是这一点。

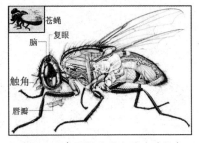

苍蝇的"鼻子"就是它的一对触角

据某电视台 2002 年 10 月 18 日 17 时开始的《国际时讯》报道，美国加利福尼亚大学伯克利分校的科研人员的研究表明，苍蝇飞行时有 20 万块肌肉在活动，翅膀有扇动，还伴有卷动。他们已试验了 30 个飞行模型，以造出从事间谍活动的微型飞机，或模拟苍蝇飞行的机器人。

苍蝇不怕细菌侵害，这是由于它的体内有"抗菌活性蛋白"的缘故。有了这种蛋白，就足以杀死已知的各种细菌。这给我们防治疾病以重要启示。

战争结束后，一些遗留的地雷很难被及时扫除，给百姓尤其是那些喜爱跑动的人们及生性活泼好动的儿童带来极大的生命威胁。据联合国统计，目前全世界还有 70 多个国家的国土中埋有地雷，总数超过 1 亿枚，全球大约每隔 15 分钟就会有 1 人踩到地雷。尽管，各国民众反对使用地雷的呼声高涨，国际上也做出规定禁止使用以人为攻击对象的地雷，但还是有人在不断制造、埋设新的地雷。

以往最成功的扫雷方法有金属扫雷器法、戳刺法，以及使用受过特殊训练的警犬探雷等，但这些方法都有各自不同的缺点。

于是，各国科学家就努力开发更好的扫雷仪器，以便消除隐患。

狗鼻比人的嗅觉灵敏 600 多倍，能迎风嗅出二三百米外人的气味，甚至能嗅出地下几米深的尸体，分辨出 200 多万种不同物质的气味。狗鼻灵敏和分辨力强的奥妙在于，有分布在 150 平方厘米上的 2.2 亿个嗅觉细胞，而人鼻则仅在 5 平方厘米上分布着 500 万个嗅觉细胞。于是仿狗鼻制成的"电子警犬"应运而生，最新的"电子警犬"比狗鼻还要灵敏 1 000 多倍。

例如，德国在 20 世纪 80 年代就研制开发了一种电子化学扫雷器——"电子警犬"，它能够更准确有效地探寻地雷。这是"嗅觉仿生"的例子。

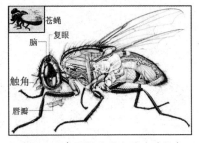

德国开发的这种"电子警犬"，是利用他们研制的一种对 TNT 炸药分辨率很高的电子化学技术来探寻地雷，即使在 TNT 炸药浓度很低的情况下，也逃不过这种灵敏的电子鼻，而 90% 以上的地雷都含有廉价的 TNT 炸药。埋在地下的地雷中的炸药，其味道可以穿过地雷的外壳进入空气中，而电子警犬就是通过这些泄漏的炸药分子来找到地雷的藏身之处。这种电子化学扫雷器除用于扫雷外，还可以检验出神经性化学毒气沙

狗的嗅觉非常灵敏

林和其他 TNT 炸药的降解产物，以及用于检测炸药生产厂区和军事训练地的土地受 TNT 污染的情况。

新的电子化学扫雷器是由三个电极组成的，使用时三个电极之间都带有一定的电压，如果电子鼻闻到空气中含有 TNT 炸药的味道，其中某个电极就会发生化学反应，流到这个电极的电流就会增大。此时，扫雷器就会发出警报，电流越大，警报越响，表明 TNT 炸药越多。

此外，电子警犬还可用于追捕逃犯、稽查毒品、探寻矿藏、检查管道漏气等，而且它的可靠性和灵敏度比起真犬来毫不逊色。

在动物界，嗅觉灵敏的还有老鼠等，人们也仿其特点研制出"警鼠"之类的灵敏探测仪。

暴风、地震谁先知
——神奇的水母和螽斯

大地，风和日丽；大海，风平浪静。一把把小小的"降落伞"——水母在近海处悠闲自得地嬉戏、漂游……

突然，它们像听到什么命令似的，纷纷迅速离开海岸，消失在无底的大海深处……

不一会儿，狂风呼啸，暴雨来临，波涛汹涌，海浪滔天……水母却安然无恙。

水母是一种像降落伞似的古老的腔肠动物。为什么它对暴风的来临"未来先知"呢？

科学家经过多年的观察与研究，发现水母有一套构造特殊而灵敏的听觉器官。当海上风暴来到之前，空气与海流相摩擦，会产生出一种人耳感觉不到的振动频率为 8～13 赫兹的次声波（苏联声学家把它称为"海洋之声"）。次声波传播的速度比风暴快得多，它提前冲击着

夜光水母

水母"耳"中的"听石"，听石又刺激神经感受器，水母就能提前几小时预感到即将来临的风暴了。

人的听觉范围在 20～20 000 赫兹之间，低于 20 赫兹的声波叫次声波，高于 20 000 赫兹的声波叫超声波。

1962 年，苏联科学家 Γ. 诺文斯基揭开了水母预测风暴的奥秘后，就模仿水母的感受器，设计、制作了"水母耳"风暴预报仪。水母耳

由喇叭、接收次声波的共振器、压电变换器及指示器组成。喇叭能做360°的旋转，当它接收到 8～13 赫兹的次声波时，旋转会立即自动停止。人们就能根据指示器的指针，知道风暴的强度和方向。这种仪器"青出于蓝"，一般可以提前 15 个小时做出预报，从而保证海上航行的安全。

水母耳还可用于农业和医学。

当然，有这种"未来先知"本领的不只是水母。

螽斯（中国北方叫蝈蝈）的"耳朵"不但能听到微弱的声音，而且能感到振幅等于氢原子直径一半那么小的振动，还能从声音的巨流中只接收对它有意义的声音。仿此，人们创制了高灵敏地震仪。

螽斯

蟑螂的一对尾须上覆盖着 2 000 根密密麻麻的丝状小毛，小毛的根部构成一个高度灵敏的微型"感震器"，不但能感觉震动的强度，而且能感觉出压力来自何方。

在日本，有一种鲶鱼，它在地震前会翻身。原来，鲶鱼对轻微震动的感觉十分灵敏，而地震前所引起的微弱电流的变化，也能被鲶鱼特别灵敏的感觉器感觉到。

不少鱼类在地震前会漂浮在水面，有的甚至还会跃上岸来。鱼类之所以能预感地震，是由于鱼类具有相当灵敏的感觉振动的器官——内耳和侧线。内耳感觉高的振动频率，侧线感觉低的振动频率。

乌贼也能预报地震。日本东京大学的保尾教授经多年研究后在 1983 年得出结论：大地震之前，震中的海面上往往会出现罕见的大乌贼。

此外，在地震前，不少动物都有反常现象，如牛、马、驴出现少食、惊恐的状况，猪、羊、兔显得严重不安，鸡飞狗叫，猫儿乱跑，燕子、鹰群飞走，鼠蛇出洞，蚯蚓乱爬等。

导弹何名"响尾蛇"

——神通广大的红外探测仪

漆黑的夜，是动物们活动的好时光。一只田鼠悄悄地来到庄稼地里，想偷吃玉米。此时，突然一条蛇猛扑上去，一口咬住田鼠，随之将其囫囵吞下，悄无声息地消失在茫茫黑夜之中……

蛇靠什么在伸手不见五指的黑夜捕捉田鼠呢？

原来，蛇身上有一种能穿透黑暗的"眼睛"——红外线定位器，人们叫它"热眼"。

热眼长在蛇的眼睛和鼻孔之间一个叫"颊窝"的地方，一边一个，猛一看还以为蛇长了4个鼻孔哩。热眼十分灵敏，不但能"看"到其他物体发出的红外线，还能感觉到温度仅相差10^{-3} ℃的变化。即使在漆黑的夜晚，蛇也能感受到田鼠身上发出的红外线，并且能测出田鼠的位置，出其不意地扑过去将其捕获。

科学家从蛇的热眼工作原理中得到启示，制造出了各种红外线探测仪器。将红外线探测仪器安装在飞机和舰船上，驾驶员可以透过黑暗或云雾判明航向。给人造卫星装上红外线探测仪器，可以发现在水下40米深处航行的潜艇，也可以观察到太阳光照射不到的行星表面的情形。

在军事上，侦察兵利用枪上的红外瞄准器，能检测到敌方士兵身体发出的红外线，从而在黑暗中能如同白天一样"看清"并消灭敌人。

飞机发射响尾蛇导弹

在现代战争中，导弹是一种极其重要的现代化武器。美军使用的"响尾蛇导弹"，举世闻名，至今已经历了三代更新。

这种空对空导弹为什么要以"响尾蛇"来命名呢？追根溯源，这里还有一段趣味故事呢。

原来，响尾蛇是一种毒性很强的蛇，它的尾部末端有一串角质环，在尾部摆动时，会发出"嘎啦、嘎啦"的响声。科学家研究证实，它和其他蛇一样，有一种能探测周围环境中温度变化的红外线感受器。这感受器也和其他蛇一样，长在

响尾蛇

眼睛与鼻孔之间叫颊窝的地方。由于响尾蛇具备了这种红外线感受器，所以在伸手不见五指的情况下，也能百发百中地捕获鼠类、小鸟等小动物。

在 20 世纪 50 年代初，美国海军武器研究中心就根据响尾蛇红外线跟踪目标的原理，来研制空对空导弹，但一时未能如愿。一天，该研究中心的美国物理学家威廉·布尔德特·麦克莱恩（1914—1976）在村边散步，偶然看见老鹰循着小鸡变换的方向抓住它的过程得到启发。最终，该研究中心在 1953 年 9 月将空对空导弹的原型试射成功，1956 年 7 月列装部队。

由于这种导弹跟踪目标的原理，与响尾蛇捕猎小动物的原理十分相似，于是，该中心的研究人员就把这种导弹称作响尾蛇导弹（Side-winder）。

当然，热眼并不仅仅用在军事上，还可用于红外摄影。如果把它装在人造卫星上，就可以进行遥测、遥感、摄影，便于观察地面农作物生长、预报森林火灾等。

其实，在动物中有类似响尾蛇那种红外线感受器的动物还有很多。吸血红蝙蝠就是其中的一种——不是靠一般蝙蝠那种用超声波的回声定位

麦克莱恩

来寻找猎物。在它们的脑中一个负责声音的部分里，有一个对动物睡眠时的呼吸声十分敏感的专门区域，能在远处确定大型动物的方位；而更精确的制导装置是鼻子附近的红外感受器，不但能定位猎物，还能准确探测出动物哪些部位血流丰富，以便下口。

喷雾器上装雷达
——请来蝙蝠当老师

在非洲小国多哥的巴萨里族人居住的地方，蚊子特别多，特别是一种名叫"迷迷睡"的蚊子非常厉害，被它叮咬的人会昏睡不醒而死去。由于蝙蝠能大量吞食蚊子，所以被当地人视为万物中最吉祥的生灵，将其奉为神灵加以保护。

蝙蝠不是"瞎子"么，它怎么捕捉蚊子呢？

蝙蝠的确是"瞎子"，但它却有灵敏的"耳朵"，用它就可以"看到"蚊子，迅速捕食。

蝙蝠的"耳朵"是一个仅有几分之一克的超声波定向、定位器。由蝙蝠口中发出的 6 万 ~12 万赫兹的超声波到达蚊子之后，就向四面八方反射，其中一部分就回到蝙蝠的"耳朵"。这一振动（回声）传到它的神经感知细胞，蝙蝠就能迅速地定向、定位判断出猎物的准确位置，以及猎物的形状、大小。这个

蝙蝠用"雷达"（它发出的超声波的回声）来发现和捕捉昆虫

"耳朵"异常准确、灵敏，即使上万只穴居在山洞内的蝙蝠任意飞翔，也不会发生碰撞，因为它能分辨 0.1 毫米的细线，并能同时探测几个目标；因此，蝙蝠被称为"活雷达"。

蝙蝠具体是怎样分析回声的呢？美国罗彻斯特大学大脑研究中心的神经科学家威廉姆·奥尼尔的研究表明，蝙蝠只反复发出一个简单

的脉冲超声波信号。两次脉冲的间隔不一，在接近猎物时会加快到200次/秒；而一次脉冲持续的时间根据需要，在 $10^{-4} \sim 10^{-1}$ 秒范围内。回声会形成由猎物性质不同而不同的特征，蝙蝠就是根据这些不同的特征的回声来分析、判断的。

人们模仿蝙蝠的"耳朵"，制成了"声呐雷达定位系统"——超声波回声定位器。给成批的喷雾器装上这样的定位器，就"教会"它们像蝙蝠那样准确地"捕杀"树冠上的害虫。这是一个控制仿生的典型例子。

这种超声波回声定位器有极其广泛的用途，如造出盲人用的"超声眼镜"，军事上的扫雷装置等。医院里的"B超"也是用的蝙蝠"耳朵"的工作原理，只不过不是"定位"，而是诊断人体器官、组织是否异常。

要特别说明的是，全世界的蝙蝠有1 000多种，可分为体形大的和体形小的。体形大的那一类中，最大的翼展接近2米，有1千克，但数量已经很少；它们通常是靠视力来飞行、捕食的。我们通常看到的是体形小的那一类，最小的翼展才3~4厘米，仅3~4克；它们中绝大多数才是如前所述，靠"声呐"来"导航"和捕食的。

蝙蝠的数量大得惊人，它们占世界哺乳动物总量的1/5~1/4，除南、北极和最干旱的沙漠，世界上到处都有它们的踪影。除了约70%的蝙蝠吃昆虫，其他的吃花蜜、水果等植物，只有约0.3%的蝙蝠才吃老鼠、青蛙等小动物。

海豚等也有类似蝙蝠的这种发射和接收超声波的本领。它能在3千米以外发现鱼群并确定它们的准确位置。夜蛾足关节上的震动器发出的超声波，则是对追捕它的蝙蝠进行干扰。

"长江大熊猫"——白鱀豚（注意：白鱀豚不是白海豚）虽然没有耳朵，只是在眼睛后下方有一对针眼大的耳孔，但在它鼻子附近却有一个球形的隆起——发音器。由它发出的超声波由猎物反射回来后，被耳孔附近的接收器接收，也一样可以准确捕食。

"反潜机"斗"猎潜艇"
——请食鱼蝠来帮忙

在体形大的那一类蝙蝠中,有一类叫食鱼蝠。热带海域就有几种食鱼蝠,顾名思义,它是捕鱼的。

食鱼蝠掠水飞行时,常会出其不意地抓出一条鱼来。它们发射的强有力的超声波能从空中透入水下,再从鱼体上反射回到空气中,被它接收到。这种蝙蝠听觉的灵敏程度,真是令人叹为观止,因为声波能量经过这样一番转折之后,几乎要降低到原有的 10^{-6} !

原来,食鱼蝠的耳朵不仅是一架超声波接收器,而且还是一架非常灵敏的声波共振器,能把十分微弱的声音信号进行放大和增强。

难怪我们的科学家也曾拜它为师呢!

1898年,美国建成了第一艘近代潜水艇。在第一次世界大战期间大发展的潜水艇,一直被视为"海底蛟龙",直到20年后才遇到克星——猎潜艇。在水里,猎潜艇就更不好对付了。

到了1954年,美国又建成了核动力潜艇"鹦鹉螺号"。核潜艇动力大、速度快、续潜时间长,还可以携带多枚水

食鱼蝠用放大的回声捕捉小鱼

下发射的中、远程导弹,成为海上一霸,很难对付。

既然水面舰艇无法或难以攻击猎潜艇、核潜艇,人们自然就想到利用飞机反潜。可是,飞机在高空飞行,它怎样才能透过几百米深的

海水，发现敌人的潜艇呢？

科学家们想到了食鱼蝠。

受到食鱼蝠的启发后，科学家设计制造了一种功率很大的超声波发射机，把它安装在直升机上，并且配备非常精密、灵敏的回波接收装置，能把微弱的声波信号放大和增强，然后输入电子计算机进行分析计算。这样，反潜飞机就能迅速、准确地发现海中的潜艇了。

从"鸟语广播"到"唤鱼器"
——都是"声音"建奇功

"2:0,爽!"

2001年10月30日夜,西班牙足球豪门皇家马德里队在欧洲冠军联赛中,击败了莫斯科斯巴达队之后,喜滋滋的球员连夜乘机赶回西班牙——周日要与劲敌巴塞罗那在联赛中"碰撞"。

"波音737"昂首进入"莫斯科郊外的晚上"后不久,与空中飞翔的一群海鸥发生了碰撞,使一个引擎立即起火。飞机只得急返莫斯科,所幸的是能平安着陆,但此时机上的皇马球员已经吓得灵魂出窍,"爽"不起来了。

类似"皇马"的这种事故并不罕见。飞机在空中与飞鸟碰撞造成的事故称为"鸟撞",俗称"飞鸟撞飞机"。据航空科学研究测定,一只仅2千克的飞鸟,如果撞击900千米/时飞行的飞机,瞬间的撞击力高达4 000牛顿,威力相

"莱特推杆"式螺旋桨飞机

当于一枚重磅炸弹。1903年美国的莱特兄弟发明了飞机后9年,世界航空史上第一次"鸟撞"事故就拉开了序幕。1912年4月3日,美国飞行员卡尔·布莱特·罗杰斯(Cal - braith Rogers)驾驶着一架"莱特推杆"(Wright Pusher)式螺旋桨飞机,沿着南美洲的海岸进行飞行表演,一只海鸥缠住了操纵杆控制线,旋即飞机坠入大海,罗杰斯被困在飞机残骸中溺水身亡……

据统计,美国每年的"鸟撞"有几百起,损失达几十亿美元。

为了对付飞鸟对飞机的威胁,有的机场设立了"鸟语广播台",专

门播送鸟类的惊恐叫声，将它们驱散，使飞机安全起飞和降落。

那为什么"鸟语广播"能建此奇功呢？

原来，除了人类，飞禽、走兽、昆虫与其他动物都有各自的语言。动物的语言是同类之间的通信工具，常常被当作觅食、求偶和警戒的信号。播放鸟儿惊恐叫声的"鸟语广播"，就能使飞鸟逃之夭夭。这是人类向鸟学习，"以鸟制鸟"的声学仿生的成果。

当然，动物的语言不仅用于驱赶鸟类，还可以用来驱赶其他动物。例如，科学家在农场模仿蝙蝠的叫声，播放"人造"超声波驱赶夜蛾，一下子就使玉米增产10%。

利用动物的语言，不但可以"驱赶"，还可以"引诱"。例如，现在有的机场已变"驱"为"诱"——在机场附近建鸟喜欢的绿色生态环境（"种青引鸟"），把鸟引走。

第二次世界大战时期，一艘装有测音仪器的舰船在海上突然收到犬吠声、呼噜声、吱吱声、哼哼声等。起初，海军人员以为是其他舰船上发出的，并不在意。后来，这艘船单独航行，仍然收听到了这些声音，就感到很奇怪。经过仔细辨认，发现这些奇怪的声音来自海底——原来是鱼类的"水下音乐会"。

听一听，"水中鱼儿"在说什么"悄悄话"

鱼类不仅善于"歌唱"，而且还会在不同场合，不同时间，采用不同的"语言"进行"交谈"。虽然它们没有声带，但可以依靠躯体活动，以鱼鳍振动、鱼鳔收缩、肛门排气、深呼吸等各种方法发出形形色色的"语言"。生活在海边的人们，特别是具有丰富经验的渔民，伏在舱底细心倾听，就可以听出大批鱼群发出的声音，并能知道是什么鱼，然后采取有效的方法进行捕捞。

懂得了"鱼语"，人们还发明了一种电子"唤鱼器"，模仿鱼群发出的不同音响，使鱼群误认为是同伴在召唤，群集而来"自投罗网"，此时渔民们就可一网打尽了。

声学仿生还可用于军事。第二次世界大战中日本偷袭珍珠港时，就在潜艇上播放了海豚的声音，使自己成功混入美军海域，一举摧毁了港内美国海军舰艇。

保险公司该赔吗
——箭鱼、啄木鸟和安全帽

走进英国的大英博物馆，你会看到一块铜皮包着的、有洞的船板。

一块破船板为何如此受到青睐，难道还有什么故事吗？是的，它"大有来头"。

英国"德列道特号"轮船，从科伦坡起航驶回伦敦。一天黄昏，值班水手突然惊呼起来："发现鱼雷！"轮船还没来得及避开，就听见一声巨响，舰船被冲击得左右摇摆，水手们东歪西倒，连驾驶台上的舵手也站立不稳，摔倒在甲板上。但令人更惊奇的是，"鱼雷"又冲向另一个方向……

原来，攻击轮船的并不是鱼雷，而是一条巨大的箭鱼。

事后，船长要求保险公司赔偿损失。保险公司却认为，说鱼撞坏了船，实在荒唐滑稽，是"骗保"，于是拒绝赔款。官司一直打到英国皇家法院，下文如何，不得而知，但当时被箭鱼戳穿的一块包着铜皮的船板，至今还陈列在大英博物馆里。

那箭鱼有何奇功异能，敢向庞然大物——海轮挑战呢？

原来，箭鱼是大海水族中有名的游泳健将，是食肉鱼类。它成年体长达三四米，体重约 500 千克，嘴的前面长着一支利箭，既坚固，又锐利。更令人称奇的是，它的头部是一个天然防震器！就凭这些"优势"，箭鱼就在汪洋大海中横冲直撞，称王称霸。

科学家对箭鱼的专门研究表明，当它击穿包有铜皮的轮船时，它和船受到的冲击力都是 1 500 牛顿左右，结果船被戳破了，箭鱼却完好如故——它的头部不愧为性能优异的防震器！

原来，"箭"的基部的骨头有蜂窝一样的结构，孔隙中充满了油液，就像是多孔的冲击波吸收器。箭鱼头盖骨的骨头结合紧密，又与"箭"的基部连成一体。正是这些结构，使箭鱼能经受住很强的冲击力。

人们在设计航天飞机的时候，就仿造箭鱼的这种结构，制成了一种很好的抗震模板。

当然，防震器绝非箭鱼独有。

"笃、笃、笃……"这是森林"医生"啄木鸟在"工作"。

调查研究表明，啄木鸟勤勤恳恳，从不贪懒，每天都要敲打树干 500～600 次，高速摄影测算

啄木鸟啄树

出，啄木鸟啄树的冲击速度达到 578 米/秒，它的头部受到的冲击力也大得惊人——约为重力的 1 000 倍！要知道，一辆汽车如果以15.6 米/秒的速度撞在一堵砖墙上——这时车、墙都会"粉身碎骨"，其冲击力还没有重力的 10 倍！

这么巨大的冲击力不会使啄木鸟得"脑震荡"吗？不会，它的头、颈不会受到任何损伤。

为什么啄木鸟有这种奇特的本领？科学家研究发现，它的构造与众不同：脑子被细密而松软的骨骼包裹着；在脑子的外脑膜与脑髓之间，有一条狭窄的空隙，这样一来，通过流体传播的震动波，就会得到减弱。此外，啄木鸟的头部有非常大而有力的肌肉系统，也能起吸震和消震的作用。它的头部就是一种天然防震器。

后来，科学家又发现了一个更重要的原因，这就是啄木鸟的头和它的"手术刀"——尖长的硬嘴是一前一后做直线运动的，一点也没有侧向运动。

根据啄木鸟头部的奇特构造和运动方式，一种新型的安全帽和防撞盔应运而生。这种帽子里层松软而外层坚固，帽子下部又有一个保护领圈，避免因突然而来的旋转运动所造成的脑损伤。经试验，它比一般的防护帽效果要好得多，可以说是真正的安全帽。

来自军舰鸟的灵感
——飞机翅膀上的"蜂窝"

现代飞机要求飞得快——迅速地完成任务，飞得高——减少恶劣气候对飞行的影响，飞得远——飞行途中不用加燃料。

要实现这个目标，飞机重量便成了一大障碍。飞机飞得越远，燃料就消耗得越多。飞机本身的重量并不轻，再带着装满燃料的大油箱，又怎能飞得更快更高呢？

长期以来，飞机设计师一直苦苦地探索着海鸟为什么能轻快地飞越辽阔的海洋呢？

为了揭开这个奥秘，人们对军舰鸟进行了观测，它展开的翼展有 2 米多，而全身的骨骼只有 100 克。原来，军舰鸟的骨骼是由一片一片连接在一起的薄片组成的，薄片与薄片中间是空的，像一个六角柱形，和蜂窝很相似，因而就很轻巧，能使鸟儿少费力气，多飞路程。

蜂窝状铝合金板

是的，蜂窝呈六角柱形，钝角为 $109°28'16''$，锐角为 $70°31'44''$，这种形状最省材料。

飞机设计师们用铝

"旅行者"号

穿云破雾"旅行者"

合金和塑料模仿鸟类骨骼，制成这种蜂窝状夹层结构，使大约 90% 的机身和机翼用了这种结构后大大减轻了飞机的重量——只有同体积铝的1/5。这不但节省了材料、燃料，增加了飞行速度和路程，而且还有隔热、隔音、减小飞行噪声的作用。

1986 年 12 月 14—23 日（历时 9 天3分44秒，飞越40 203.6 千米）进行环球飞行的

哥哥鲁坦　　　珍娜·丽·耶格尔　　　弟弟鲁坦

"旅行者"号，在中途没有着一次陆和加一滴油，原因在于它的壳体采用了6毫米厚的蜂窝状夹芯结构，全机空载时仅843千克，还不及一辆通常的小汽车重量之半。从加利福尼亚州的爱德华兹空军基地出发并回到该基地，完成这次史无前例的驾驶飞机不着陆连续飞行的，是退休的美国飞行员、冒险家理查德·格伦·（迪克）·鲁坦（1938— ）和美国女飞行员珍娜·丽·耶格尔（1952— ）。"旅行者"号由这位鲁坦的弟弟——传奇的美国航空航天工程师埃尔伯特·利安德·（伯特）·鲁坦（1943— ）设计，现收藏在华盛顿特区的美国国家航空航天博物馆。

这种结构还用于制造导弹。

蜘蛛为何行走自如
——"步行机"全靠"液压腿"

一只吃饱了肚子的苍蝇得意地在空中飞舞。突然，一张蜘蛛网挡住了它的去路——它被有黏性的蛛丝网粘住了。任它扑腾挣扎，"拳打脚踢"，却不能离网半步。这时，蜘蛛已经爬近苍蝇，先给它打上一针麻醉剂，然后喷出蛛丝将它五花大绑，最后来一个"细嚼慢咽"。

蜘蛛是一个"空中猎手"，当苍蝇等昆虫一落网，它就会立即跑过来。它的反应怎么这样灵敏呢？为什么它能而"别人"不能在有黏性的蛛丝网上行走如飞呢？

是蜘蛛的眼睛特别好吗？不，它的视力很差！

那么秘诀在哪里？

秘诀之一在它与众不同的腿上。

蜘蛛结好网后，八条长腿总是轻轻地拉住网。它的腿上有非常灵敏的振动传感棍，网上稍有轻微的振动，它立刻就能感觉到，

先修十字街，后造八卦台，
主人中堂坐，恭候客人来

并迅速地爬过去捉住"俘虏"饱餐一顿。它还能分辨是树叶（振动一次）还是猎物（因挣扎振动多次）。

谁都不会想到，蜘蛛腿上居然没有肌肉，甚至连肌肉纤维都没有；只有关节之间有肌肉连接。那么，它的腿是由什么物质构成的呢？原来，它的腿里竟是一种特殊的液体！当它向腿里泵入这种液体并达到0.6个大气压时，腿就会变硬伸长，就能飞快地爬行或跳跃。当液体泵

出减少时，腿就会变软，收缩起来。蜘蛛正是依靠腿上这种液压传动装置，及时地调节液体的压强，来使腿迅速运动的。啊！明白了，它有一条"液压腿"。

科学家们向蜘蛛取了经，发明了液压传动装置，也就是用改变液体压强的办法，控制机器的动作，还模仿它的"液压腿"，制造了一种"步行机"。

科学家们还梦想，如果能将蜘蛛腿上液体压强自动调节的机理用到医疗上，使高血压病人能自动调节身体中的血压，那该多好啊！

蜘蛛能在有黏性的蛛丝网上行走如飞，还有第二个秘诀。

蜘蛛编织的网多种多样，但是最基本的是球形网。当它刚刚开始编织球形网时，它用的是干燥的丝。一旦球形网的基本构造建成后，它就改用外层涂有一层小液滴的丝来编织球形网中的螺旋形路径，这一层小液滴的成分是一种类似于胶水的黏性物质。

蜘蛛平常在网上爬行时总是沿着干燥的丝，而不会去碰涂有黏液的丝；但为了把落网的猎物抓起来，它也免不了要在黏糊糊的丝上爬行。这时，它就有点像是踮起脚尖在"胶水"上行走。可是，无论怎样小心翼翼，还是会把一些"胶水"弄到脚上的。不过，这不要紧——好比我们不慎在鞋底上粘上了口香糖一样，只会带来小小的不便，而不会走不动。

从理论上讲，蜘蛛的确有可能被自己的网粘缠住而行走不便或无法脱身。但显然，这种可能性非常低。

啊，明白了！蜘蛛能行走自如的第二个秘诀是，它熟悉自己的家，不会走错道。

巨轮泊海有"吸锚"
——鲫鱼吸盘的启示

　　鲫（yìn）鱼生活在热带和温带海洋，体似圆筒形，体长80多厘米。鲫鱼本身不擅长游泳，但却一样遨游大海，因而被人们称为"免费旅行家"。

　　鲫鱼凭什么"免费旅行"呢？为什么有"鲫"这样一个怪怪的名字呢？

　　原来，鲫鱼的第一背鳍已变态成为一个椭圆而扁平状的吸盘，长在头顶。吸盘中间被一纵条分隔成两个区。每区都规则地排列着二三十条横皱条，像是一扇百叶窗。其周围还有一圈皮膜。当鲫鱼的吸盘贴在物体表

头顶长着吸盘的鲫鱼

面时，横皱条和皮膜立即竖起，挤出吸盘中的水，使整个吸盘变成一系列真空小室，借外部大气和水的巨大压力，就牢固地吸附在鲨鱼、海龟、鲸类等的腹部或船底，就可做"免费旅行"了。

　　鲫鱼吸附在这些生物身上以后，留下的印盘的痕迹在短时间内不会消失，"鲫"鱼的名字由此而来。

　　鲫鱼吸盘的吸力有多大呢？传说古罗马一支舰队的旗舰，在航海途中被一条巨大的鲫鱼吸住，最后竟然被弄翻沉没，葬身海底，所以鲫鱼的拉丁文词意为"使船遇难的鱼"。据测量，一条长约60厘米的小鱼的吸盘，能轻易地经受100牛顿的拉力。

　　由于鲫鱼有吸附他物的绝技，所以马达加斯加、桑给巴尔、古巴

等国家的渔民就利用鲫鱼来捕捉鲨鱼、鲸、海龟、海豚、金枪鱼，甚至鳄鱼。渔民把鲫鱼放养在海湾里，出海捕鱼时，用绳子系住鲫鱼，拴在船后。到了深海区就放开长绳，当鲫鱼们吸在捕捉对象的身上后，再慢慢把绳收回，就有可喜的收获。

鲫鱼的吸盘给科学家们很大的启示。

荷兰科学家发明了一种"吸锚"的装置。它是一个空心的圆钢筒，顶端封死，由一根钢缆和吸管将此筒管与舰船相连。船抛锚时，吸管另一端的抽水机把筒里的水抽光，使之成为真空状。这时筒外海水的巨大压力，几分钟内即可把钢筒压入足够深的海底泥沙中固定。据测定，吸锚在 20 米海底的吸力能经得住海面 160 吨重物的拖拉。一艘一般大小的航空母舰或巨型油轮，只需 10 个这样的吸锚，就可安全地锚定在海上。

当然，吸盘并不是鲫鱼"专利"。海洋中的章鱼有多种，通称八爪鱼。一只章鱼 4 对腕手上的吸盘也有巨大的吸

章鱼　　　　　章鱼腕手上的吸盘

力。据测定，直径 6 毫米的吸盘，吸力可高达 1.44 牛顿，而章鱼的腕手上约有 2 000 个吸盘，总吸力可高达 2 880 牛顿！有人就用它当活的起重机来打捞海底沉船中的财宝。

壁虎何能"飞檐走壁"
——绒毛启示新黏合剂

美国科学家在 2002 年宣布，壁虎能够在垂直物体的光滑表面上来去自如，得益于它脚趾上细小的绒毛。这项新发现可能有助于发明新黏合剂。

据报道，这项研究成果是由美国刘易斯克拉克学院、加利福尼亚大学和斯坦福大学的科

长着 4 只脚的壁虎

壁虎每只脚上的 5 个脚趾

学家组成的联合研究小组共同获得的。刘易斯克拉克学院的凯勒·奥顿说，为什么壁虎能够在任何地方爬行和悬挂，究竟是什么使得壁虎的脚趾具有如此强的黏性，这已成为数百年来难解的一道谜题。

一根刚毛能够支撑起相当于一只蚂蚁的重量，100 万根刚毛虽然不到一枚小硬币的面积，却可以支撑 20 千克。如果壁虎同时使用全部刚毛，就能够支撑 125 千克。研究生物力学的凯勒·奥顿指出，壁虎脚趾的黏性正是通过这种细小的爪垫与

壁虎脚趾上的绒毛及其分支

接触物分子的分子间作用力——范德瓦尔斯力实现的。实际上，壁虎只用一个脚趾，就能够支撑整个身体。

绝大多数脚上有粘力的动物和昆虫往往要靠水的毛细作用获得黏力，而壁虎、一些蜥蜴以及一些昆虫，却有能力在不使用水的情况下飞檐走壁。

2008 年，美国科研人员借助于壁虎脚掌有很强的吸附能力的特点，研制出一种防水绷带，可广泛用于外科手术和修复伤口。

俄国海军为何吃败仗
——藤壶引出"超级胶水"

20 世纪初，日本和俄国舰队在日本海大战了一场，结果，俄国舰队全军覆没。强大的俄国舰队怎么会惨败呢？众多原因中的一个是，俄国军舰的速度比日本军舰慢。

军舰速度慢，是设计师的技术水平不高吗？

不是！是海洋甲壳动物藤壶（牡蛎）在捣乱。

黏附在船底的藤壶　　　　轮船底部黏附了大量的藤壶等海洋附生物

藤壶生活在海洋近岸地带，常常成群成片地附着在岸边的峭壁、岩石上，也爱附生在船只的外壳板上。俄国军舰刚下水时，速度并不慢，但是参加日本海大战的俄国舰队是从波罗的海绕经好望角，驶过印度洋才到日本海的。在漫长的航行过程中，军舰的外壳上粘附了大量的藤壶等海洋附生物，大大增加了阻力，降低了船速。

那么，藤壶为什么能牢固地附在舰船的壳板和岩石上呢？

这是因为藤壶在成熟初期，能分秘一种粘结力根强的黏液，能把它十分牢固地黏附在船底，以致船厂工人在清除藤壶时，常常会连钢屑一起刮下来。

科学家分析了藤壶黏液——"藤壶胶"的化学成分和性能，发现它由 24 种氨基酸和氨基糖组成。它的粘结性能比胶水等人工黏合剂还强，适用的温度范围也很广。于是，科学家们仿此制成了"超级胶水"，它可在 0～205 ℃范围内使用，具有很高的抗张拉强度。如果用它粘结建筑材料，称得上是"超级水泥"。用它修船，只要 5～10 分钟，就能在水下把两块钢板牢牢地粘接在一起。在外科手术上使用它，就像粘纸张一样方便。有的电子元件耐热性差，不适合电焊，用这种黏合剂较理想。由于许多人工黏合剂在使用前，都要求对粘结材料进行表面清洗处理，而"超级胶水"却可以直接将两种金属粘结，不必清洗，所以既节省了人力，又减少了麻烦。还可用它填充、封闭和粘接牙齿。眼科医生也能用它来黏合和修补眼睑、眼球。随着科学技术的发展，"超级胶水"的应用将会越来越广泛。

飞机不如蜻蜓稳定
——只因少了一颗"痣"

一架银灰色飞机神气地在万里无云的空中高速飞行。突然，它的两只翅膀颤抖起来，而且越抖越厉害。驾驶员立即减小速度，操纵飞机向低空降去。可是，飞机却不听使唤……一场空难还是发生了。

这是飞机高速飞行时产生的"颤振"现象。飞机由于颤振而机翼折断，最终机毁人亡，在历史上不知发生过多少次。

为了消除颤振现象，人们不知经过了多少次试验，才摸索到解决的办法。美国科罗拉多大学的生物学教授勒特奇斯想到的老师是蜻蜓——它们在地球上生活了2.5亿年，从来就没有看见过哪只蜻蜓像飞机这样发生"空难"。

成年蜻蜓的翅膀比起它的躯干来说，显得较大（长5厘米，面积4~5平方厘米），但轻薄如纱——只有0.005克。它展开4片薄薄的翅膀在空中随意升降盘旋，又灵活又平稳。它的翅膀每秒钟振动16~40次，飞行速度可达40米/秒，还可以转动和上下左右运动，可以带起超过体重15倍的物体。这么薄的翅膀在急速飞行中怎么不会折断呢？

秘密之一在翅膀的"痣"（叫"翅痣"或"翼眼"）上。蜻蜓每一片翅膀接近末端的前缘处，都有一小块颜色较

蜻蜓

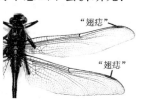

"翅痣"

"翅痣"

蜻蜓翅膀上的"翅痣"

深的正方形或长方形色斑，质地较厚，像一颗小的痣。如果人们在不损坏蜻蜓翅膀其他部分的前提下剪去"翅痣"，然后把它放走，这时蜻

蜓仍然能在空中飞翔，但却像喝醉了酒似的，不能保持翅膀的正常扑动，而是摇摇晃晃，在空中荡来荡去。

事实证明，是蜻蜓的"翅痣"调整翅膀的振动，消除了颤振现象。

飞机设计师模拟蜻蜓的"翅痣"，在现代飞机机翼的末端装置了一块"加厚区"。从此，飞机在高速飞行时，也能像蜻蜓一样平稳，避免了由于颤振而发生的飞行事故。研究这方面的学科叫"不稳定空气动力学"。

秘密之二在蜻蜓与鸟的稳定原理不同。科罗拉多大学的航空空间工程专家唐纳德·肯尼迪教授及其同事的研究表明：鸟是依照"稳定状态"的空气动力学原理，利用空气作用于双翼来保持稳定的；而蜻蜓是依照上述不稳定空气动力学原理，利用双翅振动空气产生出一种可控的旋流来保持稳定的。

此外，科学家还仿照鱼的胸鳍、背鳍、腹鳍、尾（臀）鳍——在水中使它不怕颠簸的器官，在船底的两侧装上了几副用电子计算机操纵的钢鳍——随时与船摇摆的方向相反运动，大大减少了船的摇摆幅度。当然，一些海兽，如白鳍豚，也是用鳍来保持平衡的。

飞机导航也是当了生物的学生，这次的老师是苍蝇。

苍蝇的后翅膀有一对哑铃状的小棒——科学家们叫它平衡棒，这就是双翅目昆虫退化后的楫翅。它是苍蝇飞行时的天然导航仪。苍蝇在飞行时，楫翅迅速振动，频率为每秒330次，一旦身体倾斜、俯仰或偏离航向，楫翅就会扭转振动，并向蝇脑报告，通过调整有关的肌肉，纠正偏离的航向。

根据苍蝇楫翅的导航原理，科学家制成了一种音叉式振动小型陀螺仪，安装在高速飞行的火箭和飞机上。它的体积只有传统陀螺仪的1/5。它的主要部件像只音叉，是通过一个中柱固定在基座上的；装在音叉两臂四周的电磁铁，使音叉产生固定振幅和频率的振动——就像苍蝇楫翅振动那样。有了这种仪器，飞机和火箭可以自动纠正偏转了的航向；当飞机倾斜时，也能自动平衡。科学家还制成了"振弦角速率陀螺"等新型导航仪器，用于高速飞行的火箭、飞机等，自动平衡各种程度的倾斜，稳定飞行。

喷水船为何跑得快
——向乌贼学习之后

一条船以极快的速度在河中航行，尾部喷出的水流在阳光下一耀一闪，折射出彩色的光辉，十分美丽。这种内陆喷水船，是舰船设计师模仿乌贼的运动方式设计制造的。

乌贼又名墨斗鱼，有"海洋中的活火箭"之称，它的体形像火箭，前进时，尾部向前，头和触手叠在一起，成流线型。它的运动方式也像火箭，喷嘴喷水，靠反作用力飞速前进。乌贼的"喷水推进器"是一种很好的动力装置，它使乌贼通常每小时前进70千米，最高速度甚至可达150千米/时。只要改变喷嘴的相关部位的位置，乌贼就能运动自如。当然，海洋中还有鱿鱼、章鱼等的运动方式也和乌贼相似。

喷水船上装上了像乌贼那样的"喷水推进器"以后，水泵从吸水口把水吸入船内，然后用喷水泵经喷射管把水从船尾的喷水口高速喷出，就能靠巨大的反作用力推动船体高速前进。由于喷水口可自由转动，所以喷水船可自由改变运动方向。

喷水船操纵方便，不装舵板也能灵活地改变方向，可以在狭窄、水浅的河道中航行。中国已造出了多种喷水船，在内河运输中大显神通。喷水船也可以在海洋中航行。现在有一些海船，甚至气垫船等，也采用了喷水推进器。国内建造的

喷水船：拜乌贼为师

一些喷水式高速船艇，速度可高达150千米/时，推进效率远远超过了螺旋桨船艇。

乌贼的另一个本领是施放烟幕。当凶猛的鲨鱼追赶它的时候，它就从墨囊里施放出大量的墨汁把海水弄浑，使鲨鱼晕头转向，它则逃之夭夭。受到这一启发，人们发明了用于战争的烟幕弹。在海战中，甚至可以利用烟幕把一艘上万吨级的战舰掩藏起来。现在，造出的烟幕不只是化学燃烧放出的浓烟，为了达到反雷达和反红外探测器的效果，人们还造出了具有特种功能的烟幕，使对方无法判定哪个是真正的目标。

此外，有的章鱼也能施放墨汁把海水弄浑。有时它还会释放出恶臭味的物质，赶跑敌人。实在不行，它就自动割爱，把自己的腕手丢给敌人，以"舍'手'保命"，而几天之后，新腕手就长出来了。